L'OVIDE EN BELLE HVMEVR.

L'OVIDE
EN BELLE
HVMEVR,
DE
Mr DASSOVCY.

ENRICHY DE TOVTES SES
FIGVRES BVRLESQVES.

A PARIS,

Chez CHARLES DE SERCY, au Palais, en la
Galerie Dauphine, à la Bonne-Foy.

M. DC. L.
AVEC PRIVILEGE DV ROY.

A

MONSEIGNEVR

LE COMTE

DE Sᵗ AIGNAN,

PREMIER

GENTIL-HOMME

DE LA CHAMBRE DV ROY.

ET GOVVERNEVR DV BERRY.

ONSEIGNEVR,

Ie croy que l'on s'étonnera comment (sur vne matiere si ample & si fertile que celle de vos loüanges) ie n'ay pas sceu vous donner vne Epistre selon la coustume, apres auoir

eu pres d'vn an de loifir pour y mediter :
Mais fi l'on confidere les qualitez qu'il faut
auoir pour parler dignement de la grandeur de voftre vertu, ie m'affeure, M O N-
S E I G N E V R, que perfonne ne me
blâmera de m'eftre déporté d'vne fi teme-
raire entreprife. Permettez moy donc,
M O N S E I G N E V R, que ie vous honore
par mon filence, puis qu'auffi bien quand i'aurois fait fur ce fujet tout le Parnaffe jaloux de
ma plume, ie n'aurois gueres plus auancé que
le Peintre, qui dépeignant auec des foibles
couleurs les beaux rayons de la lumiere, eft
toûjours infiniment audeffous de fon objet :
Quand auec les charmes de voftre Efprit i'aurois celebré la grandeur de voftre courage,
& dit que c'eft vn foudre qui ne trouue point
d'obftacle qu'il ne furmonte, voftre cour-
toifie vn Aymant qui ne laiffe rien échapper,
& voftre liberalité vne pierre Philofophale
qui annoblit tout ce qu'elle touche, ie n'aurois feruy que d'Echo à la voix publique, qui
admirant en vous tout ce qu'on dit des plus
heroïques qualitez des Cefars, n'auroit que
faire pour vous témoigner fon amour, de
vous en fouhaitter les Couronnes, fi pour

acheter des Empires le merite eſtoit vne monnoye dont ſe payaſt la Fortune: Ce qui ſeroit pourtant fort à deſirer pour ces nobles Enfans du Parnaſſe, qui ne reclamans plus d'autre Diuinité, ny ne reconnoiſſans plus d'autre Apollon que vous, ne ſont deſormais plus tant idolâtres, depuis que vous inuoquant ils ont appris que nos Sainſts leurs ſont plus propices que leurs Dieux. De là vient, MONSEIGNEVR, qu'il n'y en a pas vn qui ſe contente de vous reuerer dedans ſon cœur, s'il ne vous voit encor au front de ſes Ouurages. Pour moi qui, ſans vanité, croy les ſurpaſſer autant en affeſtion, que ie croy bien qu'ils me ſurpaſſent en merite, ie ne m'eſtimeray pas peu glorieux, ſi vous daignez conſentir que ie partage auec eux ce bon-heur; & que donnant vn Nom de ſi bon augure à mon Leſteur, il me ſoit permis de vous aſſeurer que ie ſuis tout ſeul, autant que tous les plus obligez à vos bontez,

MONSEIGNEVR,

Voſtre tres-humble & tres-
obeïſſant Seruiteur,
C. DASSOVCY.

A MONSIEVR
DASSOVCY
SVR SON OVIDE EN
BELLE HVMEVR.

QVE doit penser Ouide, & que nous peut-il dire
Quand tu prends tant de peine à le défigurer,
Que ce qu'il écriuit pour se faire admirer,
Graces à DASSOVCY, sert à nous faire rire.

Il y trouue la gloire où son trauail aspire;
Tu ne prens tant de soins, que pour mieux l'honorer
De tant d'attraits nouueaux tu le viens de parer,
Que moins il se ressemble, & plus chacun l'admire.

Sa plume osa beaucoup; & Plantes, Animau.
Fleuues, Hommes, Rochers, Elemens, & Metau.
Par elle ont veu changer leurs estres & leurs cause

La tienne plus hardie a plus encor osé,
Puis que le grand Autheur de ces Metamorphoses
Luy-mesme enfin par elle est metamorphosé.

CORNEILL

POVR MONSIEVR
DASSOVCY
SVR SON OVIDE EN
BELLE HVMEVR.

PETITS faiseurs de petits Vers,
Petits Autheurs de petits Liures,
Qui les Estez & les Hyuers
Vous passez à fort petits viures,
Ce Liure apres petits repas,
Crochets aigus, & ventres plats,
N'est pas pour les gens de vostre ordre,
Qui (ce dit-on) ne cherchent pas
Dequoy rire, mais dequoy mordre.

DE CHAVANNES.

POVR Mᴿ DASSOVCY.

Sur son Ouide en belle Humeur.

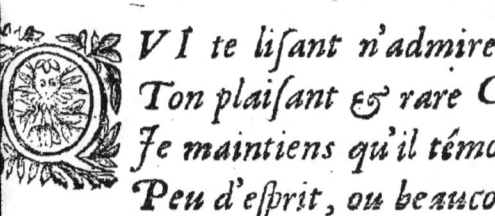

VI te lisant n'admirera
Ton plaisant & rare Genie,
Je maintiens qu'il témoignera
Peu d'esprit, ou beaucoup d'enuie.

TRISTAN LHERMITE

POVR MONSIEVR
DASSOVCY
SVR SA METAMORPHOSE
des Dieux.

MADRIGAL.

PLVS puissant que jadis Orfée,
Qui de chez les Peuples sans yeux
Ne peut ramener que sa Fée,
Tu ramene en Terre les Dieux;
Malgré cette defensé expresse
D'en auoir plus d'vn parmy nous;
Mais de peur qu'on les reconesse,
Tu les as déguisez en fous.

DE BERGERAC

POVR MONSIEVR
DASSOVCY
SVR SON OVIDE
en belle Humeur.

TRIOLET.

MAROT pliez voſtre paquet,
Et vous Rabelais faites gilles;
Charles vous fait vn mauuais trait,
Marot pliez voſtre paquet,
Railler mes-huy n'eſt voſtre fait,
J'en ſçay ma foy de plus habilles;
Marot pliez voſtre paquet,
Et vous Rabelais faites gilles.

LE BRET.

LE PREMIER LIVRE
DES
METAMORPHOSES
D'OVIDE
EN VERS BVRLESQVES,
LE CHAOS.
FABLE PREMIERE.

AVANT que le plancher des vaches,
Des pieds ferrez, & des gamaches,
Eût porté Chevaux & Mulets,
Et Muletiers à pieds mollets;
Avant que la Mere des Soles
Eut retiré ses fesses molles

De la Terre, & permis à tous
La grace d'y planter des choux ;
Nature alors dedans sa trogne
Faite ainsi que Dame Gigogne,
N'étaloit dedans ces bas lieux
Qu'vn corps basty comme deux œufs ;
Vn corps en ses membres diforme,
Sans ordre, sans grace, & sans forme,
Monstre confus, nommé Chaos,
Que la Discorde auoit éclos ;
Alors il n'estoit point de monde,
Point de miroir, ny de rotonde,
D'heure, de jour, de mois, ny d'an,
Point d'horloge, ny de cadran,
Point de contrepoids, ny d'éguille ;
Par consequent ny fils, ny fille,
Ny plantes, ny fruits ; car encor
Ce Dieu fait en platine d'or,
Thebus, pour meurir nos cerises,
Secher nos draps & nos chemises,
N'auoit dans la route des Cieux
Porté son casque radieux ;
Si bien qu'en cette nuit obscure
La bonne femme de Nature

Alloit tatonnant (ce dit-on)
Comme vn aueugle sans baston;
Donnant tantost comme vne beste
Icy du nez, là de la teste,
Deçà, delà, sans sçauoir où,
Au hazard de son pauure cou;
Les Dieux mesmes dans ces tenebres,
Bien que personnes fort celebres,
Donnerent plus de quatre fois
Du muzeau contre les parois,
N'y voyant la celeste trouppe
Pas trop clair à manger sa souppe,
Tant estoit de sedition,
D'horreur, & de confusion,
Entre ces fils de la Nature,
Tant estoit la noize aspre & durē
De ces Messieurs les Allemans
Qu'ore on nomme les Elemens,
Bien qu'Allemans vaudroit mieux dire,
D'autant que ces Sires sans Sire
Auoient entr'eux à tout moment
Quelque querelle d'Allemant,
Comme gens qui dans leur caprice
Auoient moins de raison qu'vn Suisse;

Là le chaud puiſſant Margajat
Chaſſoit le froid pauure Goûjat,
Et le froid l'Agrippant aux quilles
Luy faiſoit auſſi faire gilles ;
Icy le mol choquant le dur
Se caſſoit le nez contre vn mur ;
Là le ſec, comme vn autre Alcide,
Combattant la puiſſance humide,
Ne s'épargnoit ny prou ny peu,
La Terre & l'Air crioient au feu ;
Et le feu deſſous Amphitrite,
Comme au cul de noſtre marmitte,
Surmonté par ſon propre effort,
Crioit à ſon tour, ie ſuis mort ;
Telle eſtoit la guerre ciuille,
Le combat de cette famille,
Qui n'eût eu iamais fin ny bout
Sans le Maiſtre de ce grand tout,
Qui pour des raiſons plus de quatre,
Laſſé de les voir entrebattre,
Vint appointer leurs diferens
Pour quelque quatre ou cinq mille ans ;
Mais eux voyans venir leur Maiſtre,
Sans reſpecter Iuge ny Preſtre,

Dirent fierement, qui va là?
Lors le Maiſtre leur dit, paix là.
Ce mot de paix finit la guerre,
Soudain le Ciel quitta la Terre;
Au Ciel le feu cappriola,
Et vers le feu l'air s'enuola;
Seulement noſtre bonne Mere
La Terre, toute la derniere,
Pour ne perdre ſa grauité,
Laiſſa courir le plus haſté,
Permettant pour le bien du Monde
A Thetis la Reyne de l'Onde,
Auecques ſes bras tortueux,
De luy lauer ſon cul terreux.

LE
DEBROVILLEMENT
DV
CHAOS
FABLE II.

 ES *que cette maße embroüillée*
Fut, comme eſt dit, debredoüillée,
Et que ces quatre Garnemens
Eurent pris leurs appartemens,
Que chacun en ſa chacuniere
Euſt marmite, pot, & cuilliere;
Bref, comme dit Maiſtre Macé,
Dés que chacun fut in pace,
Ce grand Prefeſt de la Nature
Qui fit terre & fit creature,
Voulut, & voulant il fut fait,
Que pour rendre ce tout parfait,

Noſtre

Noftre bonne Mere nourrice
Eût le ventre rond comme vn Suiſſe,
Auſſi-toſt fait, qu'auſſi-toſt dit,
La Terre en Suiſſe s'arrondit ;
Ainſi ronde comme vne Cuue
Où rit Bacchus quand le vin cuue,
La relia de cinq cerceaux,
Les vns frais, & les autres chaux,
Plus grands que ceux dont eſt coûtume
D'enfermer la vineuſe écume
Du gentil-joly Dieu Bacchus,
Fils d'vne jambe & de deux cus.
Ce fait, il l'orna de Fontaines,
De Canaux, de Samaritaines,
De Prez, de Iardins, de Foreſts,
De Lacs, d'Eſtangs, & de Mareſts,
Deſquels encor auons exemple
Et coppie aux Mareſts du Temple ;
Son front il émailla de Fleurs,
Moins pour croquans Rethoriqueurs,
Que pour nez de Bergere tendre,
Puis luy commanda de s'étendre ;
Ce qu'auſſi-toſt qu'elle entendit,
Baaillant humblement, s'étendit,

B

Non pas en montagnes hautaines,
Ains en belles & longues plaines,
Toutes prises sur le niueau
De la Plaine du Long-boyau;
De plus, il fit metaux & marbres,
Des fleurs aux fruits, des fruits aux arbre.
Aux Vallées il fit beaux Mons,
Et aux Montagnes beaux Vallons;
Car voir Montagne sans Vallée,
Certes choses trop desolée,
Et trop piteux cas eust esté,
Que parfaire sa Deité,
N'auroit pû sans se contredire,
Pour Royaume ny pour Empire.
Plus, il la peupla de Moutons,
De Coqs, de Iars, & de Dindons,
D'Oysons bridez, de Chats sauuages,
De Perroquets pour mettre en cages,
De Sansonnets, de Cerfs volans,
De Simonets, de Chiens courans,
De Rinocerots, de Lycornes,
Et de Cocus, bestes à cornes,
Plus fieres qu'Anguilles de Bois,
D'Emerillons, de Chiens d'Artois,

De doux Serains de Canarie,
Et de Roßignols d'Arcadie
Qui font la nique aux Amphions.
La Mer il peupla de Saumons,
Et de Soles bonnes à frire,
Pour les gens du Roy noſtre Sire,
De Harengs frais & d'Eſperlans,
De Maquereaux & de Merlans,
De Sphiſiteres, de Balenes,
Et de Poiſſons nommez Sirenes,
Chanteuſes de Lanturelus,
Bref de tous les Indiuidus,
Depuis le Chat de Peronnelle
Juſqu'au Chien de Jean de Niuelle,
Depuis le Rat Muzeardus
Que deuora Rodilardus;
Iuſqu'aux Beſtes, ne vous déplaiſe,
Qu'auec honneur on porte en chaiſe.
Ce benoiſt Monde il popula.
Que reſtoit-il apres cela?
Fors trouuer quelqu'vn (dit Ouide)
Qui de cerueau ne fut pas vuide,
Et fut digne en cette Maiſon
D'y plumer la Poulle & l'Oyſon,

Capable d'y sonner les Cloches,
Mesme d'y tourner quatre Broches,
Vuider, larder, coucher au feu;
Laquelle chose fut vn peu
Au Conseil des Dieux contestée;
Mais vn Larron dit Prometée,
Qui la Toillette aux Dieux plia,
En disant cum licentia,
Entreprit cet œuure parfaire,
Qui pour luy fut mauuaise affaire,
Car humain Corps il figura,
Puis au cul Torche luy fourra,
Dont son ame au diable est allée;
Car la Torche il auoit vollée,
Comme chacun sçait, au Soleil,
Qui luy causa deüil nompareil.
Ainsi l'Homme, plante Diuine,
Tira du Ciel son origine,
Portant la Teste vers les Cieux,
Où Nature ficha deux yeux,
Vallans bien paire de Lunettes,
Pour contempler Astre & Planettes,
Et regarder incessamment
Les miracles du Firmament.

L'AGE D'OR.

FABLE III.

LORS commença, comme ie pense,
Le premier Aage d'Innocence,
Autrement nommé l'Aage d'Or,
Bien que Dame Justice encor,
Parlant en toute reuerence,
N'en eût fait luire sa Balance.
Heureux Aage, Siecle doré,
Où chacun dormoit asseuré,
Sans peur de perdre sa journée
Toute la grasse matinée.
Siecle d'Or, mais d'Or de Ducat,
Où l'Homme fort peu delicat

Mangeoit sans nappe, sans salliere,
Et son potage sans cuilliere,
Beuuoit dans le creux de sa main,
Où sans soucy du lendemain,
Grace à la Terre nostre Mere,
Il trouuoit dequoy se refaire.
Heureuse Saison, heureux Temps,
Où les Cannes alloient aux Champs
Sans craindre couteau ny jambette,
Où comme le Poupon qui tette,
Le Vieillard le plus édenté,
Disoit encor Mamman tetté,
Se joüoit, faisoit la disnette,
Puis dansoit la cascarinette,
Couroit apres la Barbe à Dieu,
Alloit à la Feste à Gouuieu,
Puis faisoit auecque sa Femme
Pain pigo tambourin Madame.
Heureux Temps, heureuse Saison,
Où n'estoit Porte ny Cloison,
Ville, Maison, ny Pont, ny Planche,
Où l'on se mouchoit sur la Manche,
Où sans scrupule on se grattoit
Iustement où il démangeoit,

Où

Où n'eſtoit Medecin ny Mule,
Iuge, priſon, ny baſſecule,
Meutres, ny vols, ny feux, ny fers,
Grippeminaux ny gris, ny verds,
Ny gon, ny clou, ny clef, ny coffre,
Ny Magiſtrat, ny Lifreloſre,
Vente, ny troq, combat, ny choq,
Cappe, ny froc, griffe, ny croq,
Toquetambour, trompe, ny cloche,
Croquedindon, ny pres, ny proche,
Puce, ny pou, dartre, ny clou.
Moyne bourru, ny Lougarrou.
Bien-heureuſe Saiſon dorée,
De tous les Peuples reuerée,
Où tous les Animaux contens,
Et les Hommes parmy les Champs,
Sans ſoupçon & ſans défiance,
Paſſoient la Nuit en aſſeurance,
Et ronſtoient juſqu'au lendemain
Sans remuer ny pied ny main,
Sans craindre catharre, ou migraine,
Flux de ventre, ou fievre quartaine,
Où plus contens & plus heureux
Que petits Roys, ou petits Dieux,

C

Ils n'auoient foucy d'autre affaire
Que de dormir, faire grand chere,
Rire, danfer les mattaßins,
Et de joüer des mannequins,
Se veautrans, allans fur l'herbette
A quatre pattes, à courbette,
A petits fauts, à petits bonds,
Comme gentils petits Moutons,
Ioüans à la mouche, à la brefme,
A bien & beau s'en va Carefme,
A croquignolle, à coquimber,
A ie n'y tiens ny bois ny fer,
A pille-nade, ioque fore,
Et mille autres beaux jeux encore
Qui faifoient honte à tous les Arts,
Tant de Minerue, que de Mars,
Ne fçachans lors ces premiers Hommes
Rien plus, finon cueillir des pommes,
Abattre des glands & des noix,
Et fe peigner auec les doigts,
La fimpleße eftant leur partage,
L'ignorance leur heritage,
L'innocence leur commun bien,
Ils ne difoient ny tien, ny mien;

Auſſi pour appointer querelle,
Le Vigneron couppe jauelle,
N'auoit porté poulle ou dindon
Au Preſident Croquelardon;
Ny le Perche, ny la Fourcade,
A ſon coſté fiere eſtocade;
Le Sergent porté ſes billets,
Ny Mars tiré ſes piſtolets,
Ny le Filou ſa tire-laine,
Ny Iean Guillaume pris la peine
De dancer ſur ſon chien de coü
Le petit branle de Poitou;
Car chacun viuoit comme frere,
Sans craindre priſon, ny galere,
Marchant toûjours ſur le paué
Le front droit, & le nez leué.
Telle eſtoit leur rare innocence;
Auſſi la Terre en recompenſe,
Sans Cuiſinier & ſans appreſt,
Leur tenoit le diſner tout preſt,
Leur produiſant en abondance
Dattes & noix, raiſins de pance.
Le fruit à Iuppin conſacré.
La figue, & le melon ſuccré,

La prune, la pomme, & la poire,
Cerise rouge, & mure noire,
Belle pesche, & beaux Abricots,
Qui leur faisoient grand bien au dos,
Et ie croy plus grand bien au ventre.
De plus, la Terre de son centre,
Toussoit mille sources de lait,
Par tout le Nectar y couloit;
Au lieu de chardons & d'orties,
C'estoient Perdrix toutes rosties.
Bref, par tout on voyoit tracé
Le bon-heur de ce temps passé.

L'AGE DE FER.

FABLE IV.

MAIS si tost que le bon Saturne,
Dieu pacifique & taciturne,
Fut de son Trône deboutté
Par son Fils, un Enfant gasté;
Si tost, dis-je, que ce bon Pere,
Non sans fievre & douleur amere,
Loin du Nectar, se vit forcé
A ne boire que Vin poussé,
Cette heureuse Saison dorée,
Par ce changement alterée,
Finalement se dédora,
Puis en Argent dégenera;

Siecle d'Argent, non tant aimable
Que celuy d'Or, mais plus loüable,
Et beaucoup plus Siecle d'honneur
Que son vaurien de successeur.
Ce fut alors que pour s'ébatre,
Iupin voulant des Saisons quatre,
Fendit en quatre le Printemps,
Dont il tira les quatre Temps
Qui viennent quatre fois l'année,
Tous parfois dans vne journée.
Lors commença le chaud Esté
Qui mene vn Chien à son costé,
De haller toute la Nature;
Et le Pere de la froidure
L'Hyuer, humide & cathereux,
De monstrer son nez roupieux,
Laissant sur le Mont & la Plaine
Courir aux vents la pretantaine,
Qui faisoient, sans obstacle nul,
Merueille de souffler au cul.
Auant ce Temps, la creature
Qui n'auoit eu pour couuerture
Que l'étoillé manteau des Cieux,
Pour abrier son cul frilleux,

Se vit contrainte, sans lanterne,
De rechercher antre & cauerne,
Les caues, les nids & les trous
Des Serpens & des Lougarous.
Ce fut alors, Mere innocente,
Que du soc la lame tranchante,
Par l'iniquité des Humains,
Vous fit (dit-on) grand mal aux reins;
Vous eustes beau, Mere dolente,
Crier, Oncle, Cousin, ny Tante,
N'empescherent ces fiers Enfans
De vous en donner dans les flancs;
Vous en eustes, pauure Pucelle,
Pour le moins vn bon pied dans l'esle,
Dont pourtant n'en mourustes pas,
Bien que ce fut vn vilain cas.
Encore, pauure Mere outragée,
Pour saouler la faim enragée
De ces fameliques matins,
Enfans du lait de vos tetins,
Las vous fustes, pauure affligée,
En plus de loppins partagée,
Que n'est (dit-on) de feüille au bois;
Vous fustes le gasteau des Rois,

D

Duquel l'Homme, meschante espece,
Non content d'auoir pris sa piece,
Encore déchira vostre peau;
Pour trouuer la febve au gasteau,
Vous farfoüilla jusques au centre,
Vous tira les trippes du ventre,
Mines d'Argent & mines d'Or,
Qui fut vn vilain cas encor,
Sale desir, orde auarice,
D'où vint aux Hommes l'injustice,
Qui hardis & prompts à la main
Enterent le Fer sur l'Airain.
Siecle de Fer, d'humeur auare,
Qui ne dût, estant si barbare,
Estre nommé Siecle de Fer,
Mais bien plûtost Siecle d'Enfer,
Puis qu'en ce Siecle detestable
D'Ange, l'Homme deuint vn Diable,
De Pacifique, vn Fanfaron,
Et d'Homme sainct, vn fin Larron,
Vn Tygre, vn Dragon plein de rage,
Bref, vn Coquin pour tout potage,
Qui ne valloit, ny n'estoit bon,
Qu'à pendiller à Montfaucon,

Gueſtant, paſſant & faiſant courſe,
Pillant, vollant, & couppant bourſe.
Lors la Chair, le Monde, & Satan,
Qui s'entendent depuis maint An
Tous trois comme Larrons en Foire,
Pires que des Gens d'Eſcritoire,
Mirent pour nous perdre tout net
Leurs trois Teſtes dans vn bonnet,
Beurent dans vne Lechefrite,
Ne firent plus qu'vne Marmite;
Et pour nous attrapper au jeu,
Mirent tous trois les fers au feu.
Adonc tant les Geais, que les Pies,
Ietterent le Froc aux orties,
Et mirent Breuiaires au croq,
Pour plumer la Poulle & le Coq.
Ce fut alors que Frere Eſtienne,
Apres auoir iuré mordienne,
Mit vne épingle à ſon chappeau,
Prit eſperon, piqua Moreau,
Empoigna pieu, pique & rondache,
Et ſur ſa teſte de gauache
Poſa trois plumes de Heron,
Pour faire crier au Larron.

Ce fut alors qu'à mine fiere
Parut ce grand porte rapiere;
Bras de Fer, qui tout le premier
Fit trembler le Lard au Charnier;
Puis vindrent les Scarabombilles,
Les Manchots, les Iambes de billes,
Les Ballafrez, les Breschedens,
Qui tous ensemble alloient jettans
Gens & Maisons par les fenestres,
Détroussans Lais, détroussans Prestres,
Mordans, grondans, fumans, humans
Iusqu'au lait des petits Enfans.
Ce n'estoit que sang, que carnage,
Que feu, qu'horreur, que brigandage;
Il n'estoit point de seureté,
Tout trembloit sous l'iniquité,
Le Villageois dans sa Chaumiere,
Le pauure Cerf dans sa Tanniere,
L'Artisan dessous son Auuent,
Le Coupechou dans son Conuent;
La Graisse dans la Lechefrite;
Et la Chair dedans la Marmite;
Nul ne pouuoit, la Miche en main,
Se dire maistre de son pain,

De son lard, ny de son fromage;
Car seul auoit tout l'auantage,
Et le Prince estoit des Humains,
Qui auoit plus de force aux reins,
Plus grands pieds, & large fressure,
Bernans les Dieux & la Nature.
Ce que voyant Dame Vertu,
D'vne main se grattant le cu,
Et de l'autre troussant ses quilles,
Tira ses chausses, & fit gilles;
D'autre part, la Dame Themis
Voyant comme ses bons Amis
Traittoient les Dames de sa sorte,
Sans diferer, gagna la porte,
Prit à son col ses deux Jarrets,
Puis se sauua par les marets
Au Ciel, le lieu de sa naissance;
Laissant aux Humains sa Balance,
Dont ils se seruent de crochet
Pour prendre l'Or au trebuchet.

L A
GIGANTOMACHIE.

FABLE V.

VOY plus, l'Impieté sans bornes,
Qui, comme est dit, faisoit les cornes
Et pettarade à tous les Dieux,
L'Orgueil qui regnoit en tous lieux,
Non content, chose étrange à dire,
De la Terre, & de son Empire,
Voulut encor audacieux
Porter son Trône dans les Cieux,
Suscitant ces Fils de la Terre,
Ou plutost ces Fils de la Guerre,
De rogner l'Escuelle à Iuppin,
Taster de sa chair, de son pain,

Voir de son eau boire en sa couppe,
Et tremper les doigts dans sa souppe.
De fait, ces robustes Garçons,
Qui sans souliers à hauts talons
Alloient encor les testes nuës
Quatre doigts par dessus les nuës,
Entasserent sur Pelion
De Montagnes un million,
Chose rare & non pas commune;
Puis se logerent sur la Lune,
Prouoquans les Dieux au combat,
Appellans Iupiter un fat,
Iurans de luy plumer son Aygle,
Luy battre le dos comme segle,
Et luy coupper son Ardillon
A la Barbe de sa Iunon;
Bref, qu'ils montreroient à leurs Hostes,
En leur brisant testes & costes,
Qu'assez auoient pour estre Dieux,
De Barbe au nez, & Barbe aux yeux;
A quoy cil qui Rocs met en poudre
Ne respondit qu'à coups de foudre;
Mais ces temeraires Soldats
Repartirent à coups de mats,

A coups

A coups de fourche, à coups de gaule,
Faisant tomber sur mainte épaule,
Et sur maint celeste hoqueton,
Maint furieux coup de baston,
Criblans la peu, perçans la coine,
Enfonçans crane & peritoine,
Et donnans sur ras & tondus
Ainsi que beaux enfans perdus.
D'autre part la Trouppe froissée
Des Dieux, donnoit teste baissée,
Sans épargner ny pieds ny cous;
Mais on riua si bien leurs clous,
Que sans tambour & sans trompette
Force leur fut faire retraite.
Ce qui rendit bien étonné
Le grand Iuppin, qui testonné,
Comme i'ay dit, auec sa foudre,
Ne sçachant à quoy se resoudre,
Fit assembler soudainement
Conseil de Guerre, & Parlement,
Qui les choses bien balancées,
Bien sassées & ressassées,
Finalement conseil fut pris,
Que sans tarder, de peur de pis,

E

Contre cette Cohorte infame,
On feroit marcher l'Oriflame
Auec l'Estendar de Gan,
Qu'on publiroit l'arriereban;
Et tandis, veu le peu de conte,
Que ces gens de fer & de fonte
Faisoient de son foudre commun,
L'auallant comme du petun,
Qu'il tireroit de sa grand foudre,
Capable de reduire en poudre
Non seulement ces gens peruers,
Mais encore tout l'Vniuers.
Chose concluë & arrestée,
La foudre luy fut apportée;
Foudre que le grand Saturnus,
Par l'aduis de Nostradamus,
En cas de fortune contraire,
Fort sagement auoit fait faire;
Et que sans des gands de Lutin,
N'auoit osé le grand Juppin
Tirer, cas merueilleux à croire;
Mais que pourtant, ce dit l'Histoire,
Il prit dans ce pressant malheur,
Non pas sans changer de couleur.

Adonc tous les Dieux s'écarterent,
Qui çà, qui là, puis le laisserent
Tout seul en la garde de Dieu,
Lequel guignant de son haut lieu,
Foudre en jouë, & mesche allumée,
Toute la gigantesque Armée
Qui dans la campagne des Cieux
Ne trouuans ny bestes ny Dieux,
Déja l'Enseigne déployée,
Crioient dedans, Ville gagnée,
Son cas promptement affuta,
Affuté, la foudre appointa,
Appointée, il porta la mesche
Au bassinet, la foudre seche
Prit, & le foudre foudroyant
D'vn son horrible & long bruyant,
Ebranlant toute la Nature,
Fit pâmer toute creature,
Du fond l'Olympe s'écroula,
Et iusqu'au sommet en trembla,
Tout fremit dans son domicille,
Iusqu'à l'huistre dans sa coquille,
L'Enfant dans ses draps se mussa,
Et tout le bon vin s'en poussa,

E ij

Laiffant aller deffus leurs teftes
Mille traits & mille tempeftes,
Grands fauciffons, farcis de dards,
Grands pots à feux, & gros petards,
Si bien que depuis la ceruelle,
Iufqu'aux étuis à la moüelle,
Le foudre fi bien les tafta,
Que maudit foit s'il en refta,
Comme l'on dit, ny pied, ny aifle ;
Ainfi s'appaifa la querelle,
Moyennant quelques coups de pieux
Entre les Geans & les Dieux,
Que paya le fang de Typhée,
Duquel fang la Terre abbreuuée,
Malgré Iupiter & fes dents,
Conceut & pouffa de fes flancs
Vne autre efpece de canaille,
Non du tout de fi belle taille
Que leurs parens Efchelles-Cieux,
Mais bien autant pernicieux,
Loups rauiffans, Andropophages,
Qui ne viuans que de carnages,
N'affouuiffoient (dit-on) leur faim,
Que de chair & de fang Humain,

LYCAON
CHANGE' EN LOVP.

FABLE VI.

LE Grand Maiſtre de l'Empirée,
Du haut de ſa Maiſon dorée,
Par vn jour que le blond Phœbus
En faueur de nos Choux cabus,
Auoit rendu l'Air ſans nuage,
Apperceut l'horrible ménage
Que faiſoient ſes diables d'Humains,
A coups de dents, & coups de mains,
Dont Iupiter, choſe effroyable,
Iura plus de cent fois mordiable,
D'ire tout ſon ſang ſe troubla,
Et ſoudain les Dieux aſſembla;

Lesquels au premier coup de cloche,
Tant les grands Dieux portans galoche,
Que ceux qui galoches n'ont point,
Ny de colets à leur pourpoint,
Vindrent au lieu de l'Assemblée.
Lors Iuppin, la face troublée,
Repensant à l'indignité
De cil qui plein de cruauté,
De sa Deïté massacrée,
Cuida faire galimaffrée ;
Par trois fois la teste croula,
Dont si fort l'Olimpe trembla,
Qu'auec vn autre coup de teste,
Le gros mur qui porte le feste,
S'en alloit voler en éclats,
Si les Dieux n'eussent dit helas.
Lors leur susdit Seigneur & Pere
Refrenant vn peu sa colere,
Leur dit ; Depuis mes Citadins,
Que pour defendre nos boudins,
Le lard & le vin de nos pipes,
Qui fait tres-grand bien à nos tripes,
Ie pris le tonnerre à la main,
I'ay eu des affaires tout plain ;

I'ay

I'ay veu ces Larrons à ma porte,
Ces Geans que le Diable emporte,
Auec leur Corporal Typhon,
Lequel de cent bras de Griffon
Me donna vilaine acolade,
Témoin cette épaule malade,
Et ce mien present hoqueton,
Où la figure d'vn baston
Reste emprainte, par saincte Barbe;
Mais ie vous iure par ma Barbe,
Dont i'ay quatre bon pieds encor,
Qu'vn Asne qu'on sangle trop fort,
Beaucoup moins que moy sent de peine;
Car bien que cette Gent hauteine
A qui i'ay, malgré leurs ergots,
Grace à Dieu, cassé les gigots,
Fissent pour lors le Diable à quatre,
Pourtant ie n'auois à combattre
Que quelque trouppe de brigans;
Mais aujourd'huy, mes chers Enfans,
I'ay bien d'autre fil à retordre,
Pour vn Chien qui nous vouloit mordre.
Ores i'en voy plus de cinq cens
Qui là bas nous montrent les dents;

E

I'ay beau leur crier, hole, hole,
Tay briffaut, miraut, carmagnole,
Au Diable l'vn de ces Maſtins,
Qui pour nous leſcher les patins,
De s'auançer prenne la peine;
Sur mon ame i'ay la migraine.
Quand ie voy ces Croquelardons,
Ces diables de Croquedindons,
Qui s'entrechatoüillent la coine,
Sans nous chanter vne Antiphoine,
Ny nous preſenter en cent ans
Vne pauure liure d'encens,
Vn Bœuf, vn Bouc, vne Geniſſe,
Ny ſeulement vne Eſcreuiſſe;
Mais ie iure mon grand iuron,
Qu'ils s'en repentiront don don;
I'applatiray leur bedondaine,
Don don farlarira dondaine;
Je leur couperay les rognons,
Je leur greſleray leurs ognons,
Je renuerſeray leur aueine,
Et les carderay comme laine,
Ou i'y perdray mon capuchon,
Mon torchon, mon coqueluchon,

Et ma grande foudre baftarde
Qu'és flancs en mon ire ie darde.
Mais auant que d'entrer en jeu,
Conuient par auant que par feu
Faßions jambe & cuiße rotie,
Separer le grain de l'ortie;
Nous auons dedans ces bas lieux
Cent gentijolis petits Dieux,
Cent gentis petits trouſſes cottes,
Leſquels nous ont graißé nos bottes,
Qu'il ne faut pas faire griller;
Nous en auons bien vn millier
De toute âge & de toute forte,
Dieux de la Cour, Dieux de la Porte,
Dieux de la Figue & du Cabas,
Les Dieux des Chiens, les Dieux des Chats,
Des Grenoüilles & des Tortuës,
Les Dieux des Choux & des Lettuës,
Des feüilles, des fruits, & des fleurs,
Bref des Dieux de toutes couleurs,
Juſqu'à des petits Dieux de paille,
Qui n'ont pas aſſez belle taille,
Ny competante dignité,
Pour s'aſſeoir à noſtre coſté,

F ij

Ny pour manger à nostre Table ;
Parquoy, chose bien raisonnable,
C'est de leur trouuer Attelier
Armé d'auge & de ratelier,
Pour en seureté de machoire,
Y manger, y dormir, & boire.
Mais las ! où trouuer seureté
Parmy l'Homme & sa cruauté,
Si ma Diuinité supréme,
Si ma Personne, si moy-méme,
Auecque mon bras punissant,
Et mon Sceptre resplendissant,
Mon foudre & mon Oyseau de proye,
Auec toute ma petite oye,
Chez Lycaon, diable enragé,
I'ay bien failly d'estre mangé,
Et d'estre mis à l'étuuée ?
A ces mots toute l'Assemblée,
Les Dieux fremissans & pantois,
Firent de grands signes de Croix,
Chacun se regardant en face,
Blâmans de Lycaon l'audace,
Disant qu'il dût estre brûlé,
Pendu, noyé, broyé, pillé,

Faisant haut bruit & grand murmure ;
D'autant que pour venger l'injure,
Chacun ou de griffe, ou de dent,
Luy vouloit donner vn fendant,
Mars l'aualler comme vne otarde,
Pallas comme vn grain de moutarde,
Cupidon comme vn œuf mollet,
Venus comme vn petit poulet,
Vulcanus comme vne étincelle,
Phebus comme vn bout de chandelle,
Et Cerés comme vn grain de blé ;
Bref il deuoit estre sablé,
Criblé, sallé, mis sur la grille,
Puis mangé comme vne morille.
Mais enfin apres long debat,
Iuppin pour finir tel Sabat,
Trepignant des pieds dans sa Chaire,
Aux Dieux commanda de se taire ;
Auquel commandement plus cois
Que des Dieux de platre ou de bois,
Sans remuer ny pied ny langue,
Demeurerent. Lors sans harangue
Iuppiter poursuiuit ainsi,
Ne vous en mettez en soucy ;

Rengaignez, Trouppes immortelles,
Vos coutelas & vos rondelles;
Il est tondu, dourdé, bardé,
Il est greſlé, cuit, & frondé;
Mais apprenez & ſon offence,
Son châtiment, & ma vengeance.
Cependant que ie calculois
Et comptois auec mes doigts
Combien la Mer dedans ſa plaine
Roule de petits grains d'arene,
Combien ſont de feüilles aux bois,
De feux au Ciel, d'heures aux mois,
D'épics aux champs, de Veaux en Brie,
Et de pommes en Normandie,
Paſſant ainſi, mes bons Amis,
Le temps dedans vn beau Tamis,
I'ignorois les crimes du Monde,
Quand de mon extaſe profonde
Réueillé par vn camoufflet,
D'vn Page i'appris tout le fait,
Lequel me conta de leur vie,
De leurs vertus & prud'homie,
Bien plus que vous n'auez oüy;
Mais ie luy dis, au diable oüy,

Tu m'en voudrois bien faire à croire ;
Il en jura, ie luy dis voire ;
Mais pour m'en rendre plus certain,
Ie resolus vn beau matin,
Apres auoir chanté Matine,
Pris deux œufs, & beu ma chopine,
D'aller vn peu voir & sçauoir
Si le Monde estoit blanc ou noir.
Ie pris donc cinq doigts dans ma dextre,
Autant dedans ma main senestre,
Vn pied dedans châque chausson ;
Déguisé de cette façon,
Fromage en poche, & gourde pleine,
Ie trauersay montagne & plaine ;
De vous dire en passant Pays
Les iniustices que i'y vis,
Combien dans châque Hostellerie
I'auallay de sale voirie,
Combien ie beus de ripopé,
Combien de fois ie fus tappé,
Vollé, grippé, mis en chemise,
Ie ne sçaurois ; qu'il vous suffise
De sçauoir qu'vn iour cheminant
Mon chemin droit vers l'Orient,

Passant les Monts de l'Arcadie,
Ie me rendis, que Dieu maudie,
Chez le cruel Prince du Sang
Lycaon, vilain perce-flanc;
C'estoit l'heure que l'œil du Monde
Moüillant sa paupiere dans l'onde,
Conuioit le las Pelerin
A moüiller aussi dans le vin
Son pain, pour apres sans lumiere
Comme luy fermer la paupiere;
I'entray, disant, Dieu soit ceans,
On répondit, & vous dedans.
Que demandez-vous, nostre Sire?
Ils ne pensoient pas si bien dire.
Adonc ie leur manifesté
Vn coin de ma Diuinité,
Leur montrant par vne ouuerture
Vn petit bout de ma nature.
Lors ils coururent à l'encens,
Et comme fins & de bon sens
M'apporterent belles offrandes,
Beau pain benist, belles guirlandes;
I'en eus presque chargé mon cou;
Mais Lycaon, meschant & fou,

Tena

Tenant les mains dans sa pochette,
Chantoit, appellez Robinette,
Et rioit lny seul plus que deux,
De leurs presens & de leurs vœux,
Disant qu'il vouloit faire épreuue
Auec vn peu de paste neufue,
Combien vne Diuinité
Tient de longueur dans vn pasté;
Qu'il connoissoit bien à ma mine
Que ie serois viande Diuine,
Bien que ie fusse vn peu hasté,
Qu'vn Dieu bien cuit & bien sallé
Estoit mets tout à fait celeste;
Qu'il estoit seruiteur au reste
Bien humble de ma Deité;
Et que s'il en auoit douté,
Deux bonnes heures d'étuuée
Rendroient ma nature éprouuée.
Que fit-il plus? ce reprouué,
Ce Bastard, cet Enfant trouué,
Ce Perfide, ce Deicide,
Digne de la masse d'Alcide,
Le plus effroyable repas
Dont il soit memoire là bas,

Depuis que de bonne memoire
L'Homme là bas porte machoire,
Lors qu'aßis entre deux treteaux
Entre les dents & les couteaux,
La chair preste d'estre bauffrée,
Tremblante, me fut apportée,
Soudain les plats ie découuris.
Mais ô Dieux! qu'est-ce que i'y vis?
Au lieu de Perdrix ou de Cailles,
Ie vis deux ou trois grandes tailles
Des feßes d'vn Homme empallé,
Vn quartier de Marchand sallé,
Item la ratte & la freßure
D'vn pauure Soldat d'auanture,
Le cœur d'vn homme poignardé,
Le tout bien proprement lardé
Du lard de la luisante coine
D'vn tres grand, gros, gris, & gras Moine
O Dieux! quelle inhumanité!
Pensant à cette cruauté,
Les crins me dreßent en la teste,
Et le sang me fige en la creste,
I'en suis encor tout étonné,
Si i'euße pû, i'euße tonné,

Mais ie n'auois point mon tonnerre
Pour mettre ce logis par terre,
Faute dequoy pris vn tison;
Mais pour n'estre brûle-maison
Appellé, ny brûle-ménage,
Ie tins au tison ce langage.
Tison de bien, tison d'honneur,
a-t'en, au nom de ton Seigneur,
Mettre le feu de place en place,
Sans épargner pou ny paillace.
Au mesme instant le Tison part,
Et ferit tout de part en part;
Soudain les flâmes allumées,
Contre ce logis animées,
Font jusques aux grillons griller,
Les Rats sont contraints de driller,
Tous les Valets gagnent la porte;
Lycaon, que la rage emporte,
Prend des premiers la clef des champs,
Où par de funestes accens
Voulant plaindre son auanture,
N'ayant que d'vn Loup la figure,
Ne sçait plus rien articuler;
Il heurle, & ne sçait plus parler;

Son cœur qui se plût au carnage,
Conseruant sa premiere rage,
Affila ses cruelles dents,
Pour sur les trouppeaux innocens
Continuer la boucherie
Qu'il exerçoit dans sa furie
Dessus ses hostes malheureux;
Ses bras qui ce croy-je estoient deux,
Soudain en jambes se changerent,
Et ses vestemens se muerent
En rude & vilaine toison
De la couleur du poil grison
Qui couuroit son defunt visage;
Bref dedans sa hure sauuage,
Comme dans le feu de ses yeux
Paroissent encor furieux;
Les traits de son Ame colere,
Qui violente & sanguinaire,
Exerce le mesme mestier
Dans vn corps de Loup carnacier.

LE DELVGE

FABLE VIII.

H E' bien Fille de ma ceruelle,
Ne l'ay-je pas échappé belle?
N'en dois-je pas chandelle à Dieu?
Et toy Mars, mon grand porte épieu,
Que dis-tu de telle auanture?
Quand i'y repense, ie te jure,
Que le cœur me fit tic & tac,
Et la freſſure flic & flac.
Ventre ſainct Gri quelle ſottiſe
A gens qui portent barbe griſe,
De s'intriguer à des Filoux?
Mais ce n'eſt pas tout que des choux;

Pour auoir mis Loup en tanniere,
Et brûlé sa gentilhomiere ;
Il n'en faut pas demeurer là,
Pas n'est temps de dire hola,
Ils m'ont trop lanterné la gance
Des boutons de ma grosse pance,
Pour m'arrester en si beau train ;
I'ay trop de poignards dans le sein
Pour laisser la terre impunie,
Car qui bien ayme, bien chastie.
Depuis que ces chiens de mortels
Ont dit zeste de nos Autels,
Au diable celuy de leur trouppe
Qui dans godet ou dedans couppe,
Cidre ou vin nous ait presenté,
Ny beu mesme à nostre santé,
Ou nous ait fait don d'vne Pie ;
Ma foy nous aurions la pepie,
Et pourrions la langue tirer
D'vn pied auant, que d'attirer,
Pour rincer nostre pauure bouche,
Le sacrifice d'vne mouche ;
I'en suis encor tout alteré :
Mais foy de Prince coleré,

Ie vengeray l'intereſt noſtre,
Car qui toque l'vn, toque l'autre.
Mes amis, c'eſt perdre le temps
De leur donner les innocens,
Ny leur chatoüiller l'epiderme ;
Il en faut brûler iuſqu'au germe,
Pour apres auecque Mahon
Les fourrer in Cafarnaon.
Si vous ſçauiez le beau rauage
Qu'ils ont fait en noſtre ménage,
Vous en piſſeriez deſſous vous ;
Ils nous traittent comme des fous.
L'vn m'appelle Martin coquaſſe,
L'autre Capitaine Fracaſſe,
Qui nomme Phœbus vn falot,
Mon Fils Bacchus vn guigne au pot,
Venus vne franche Bagace,
Son petit Fils vn liche Caſſe,
Mon Mercure vn traiſne Licou,
Mome vn Badin, Mars vn Filou ;
Il n'eſt plus aucune ſtatuë,
Où n'ayons épaule abbatuë,
Ou pour le moins le nez caſſé ;
Par ma foy tout eſt fricaſſé ;

H

Mon Aygle a la jambe rompuë,
Ie ne voy ny Temple ny Ruë
Où ne soyons mal accoustrez;
Nous sommes presque tous chastrez,
Sans yeux, sans bouche, & sans oreille
Pour moy ie me trouue à la veille
De dire au Monde, ayez pitié
D'vn pauure diable estropié;
Depuis que cet Andropophage
A quitté les chausses de Page,
Maudit soit qui le puis tenir.
Mais voicy dequoy le punir.
Sus Compagnons, aux Armes viste,
Mon Tonnerre, ma Lechefrite,
Ma Tempeste, mon Tourbillon,
Mon Gresillon, mon Tortillon,
Mon Queuillon, ma Fourchefiere,
Ma Rapiere, & ma Bandoliere.
A quoy Momus, gentil Bouffon
Répondit para pata pon,
Non pas pour accroistre son ire,
Car aucun d'eux n'eust à vray dire
Voulu, pour cent Marauedis,
Voir tant de gens abasourdis.

Ils demandent, passé l'orage,
Frit que sera l'Humain lignage,
Qui dans leurs Temples leur dira
Carimari, Carimara;
Qui gardera dans leurs Chappelles
Des Souris, leurs bouts de Chandelles;
Apollon, qui l'encensera,
Lors qu'en Delphe on luy flutera
La Chanson du Curé de Mole;
Qui recurera son Idole,
Et son Tripié tripolira;
Venus qui la cantiquera
D'un bel attendez-moy sous l'orme;
Diane doucement s'informe
Que deuiendront eaux & forests;
Amour, les pays du marests;
Bacchus, que deuiendra la grappe;
La Cuue, la caue & la trappe;
Mars, ses pipes & son tabac;
Bréf tous patatin patatac,
Font vn si furieux vacarme,
Qu'enfin quoy que testu gendarme
Jupin, pour les tirer d'Ahan,
Leur dit, en secoüant son gan,

H ij

Qu'il ne faut finon dire fouffle,
Qu'autre monde il a dans fa mouffle,
Qui ne tient à fer ny à clou,
Qui n'aura ny puce ny pou,
Pied qui cloche, ny dent qui loche,
Dont les Habitans, fans reproche,
Seront plus blonds que des baffins,
Plus doux que des petits pouffins,
De bon garbe & de bonne morgue,
Sçauans Docteurs, grands fouffleurs d'orgue
Tres-beaux & bons carrillonneurs,
Bons Chantres & bons entonneurs,
Qui diront bien mieux que les autres
Leurs gaudez & leurs patinoftres,
Feront bien mieux le pied de veau,
Ofteront bien mieux leur chappeau,
Moucheront bien mieux leurs chandelles,
Et payront bien mieux leurs gabelles.
A quoy les Dieux d'engin fubtil
Répondirent, ainfi foit-il.
Déja cent bouches effroyables,
De cent foudres chargez de diables,
Portans en trouffe vn Lougarrou,
Alloient faire bredibredou;

Et déja le souffle tempeste
Le grand Juppin, éclair en teste,
Vent, orage, & gresle à son cou,
Estoit prest à faire le fou,
Quand se remettant en memoire
Le songe qu'il fit apres boire,
Que Vulcan luy brûloit le nez,
Il ploya ses bras déployez
Dessus l'iniquité du Monde,
Craignant, par saincte Radegonde,
Qu'ayant embrasé son bucher,
Et mis le feu dans son plancher,
Le feu ne prit à sa soliue,
Ayant leu dedans Titeliue,
Premier chappitre du Destin,
Que le feu par vn beau matin
Ne se feroit qu'vne curée
De toute sa Maison dorée.
Pour ce respect, comme i'ay dit,
Il posa son foudre susdit,
Mit le pied dessus sa flameche,
Esteignit & souffla sa meche,
D'vn autre moyen s'aduisant,
Moins dangereux, & plus plaisant,

Qui fut d'ouurir toutes les bondes
Du Ciel, de la Terre, & des ondes,
Pour lauer ce Monde malin,
Et baptiser vn peu son vin,
Luy rincer vn peu la genciue,
Mettre son linge à la lessiue,
Et forcer sa ciuilité
De boire vn coup à sa santé.
Dés l'instant son chappeau de pluye
Prit le beau Sire, & puis fit vie
Dans les plus froides regions
Y renfermer les Aquilons,
Laissant libre la caracolle
A noble Seigneur Quillemolle,
L'humide vent, mouille chappeau;
Lequel sans dire garre l'eau,
Ne pouuant garder son vrine,
Mouille maint dos & maint échine.
Ce vent sur ses aisles porté
En l'air fut aussi-tost monté,
Affublé d'vne noire nuë,
Qui du beau jour ostant la veuë,
Doucement faisoit faire flux
Aux jaunes rayons de Phœbus;

De sa barbe d'eau toute plaine
Sortoit perrenelle fontaine,
Et de ses emplumez tuyaux
Liquides humeurs à pleins sceaux.
Lors qu'il eût assemblé les Nuës,
Tant les grosses que les menuës,
Et courant happé les broüillars
Qui parmy l'air estoient épars,
Il les pressa de telle sorte
Dedans sa main puissante & forte,
Qu'il fit grand tonnerre en sortir,
L'éclair & l'éclat en partir,
Puis couler en maintes manieres
Grands fleuues & grosses riuieres;
Pour lesquelles entretenir,
Celle qui charge a de fournir
D'eau toute la Maison Celeste,
Iris, prenant sa riche veste,
Laquelle est ainsi que ie croy
A peu pres des couleurs du Roy,
Courut dans les celestes Plaines
Lâcher écluses & fontaines,
Et tourner tous les robinets
D'Aquarius & de Pisces;

Il n'est pas fils de bonne Mere,
Qui pour ayder à cette affaire,
Ne preſte ſon vin ou ſon eau;
Bacchus defonce ſon tonneau,
Et du ſeul flux de ſa veſſie
Innonde toute la Ruſſie;
Silene le vieux Biberon
Qui bronchant iamais (ce dit-on)
Ne fit tort au jus de la Treille,
A ce coup caſſe ſa Bouteille;
Et du bout de ſon ſac à vin,
Abreuuant les Peuples du Rhin,
Noye toute la Germanie;
Iuppiter, toute l'Arcadie;
Cupidon, tous les Pays-bas;
Fille de bon Pere n'eſt pas
Qui ne ſoit de la piſſerie;
Ny Dieu qui dans ſa furie,
Pour châtier le genre Humain,
Ne prenne la verge à la main;
Tout ſaute, juſques à la ſouppe,
Iuſques au nectar de la couppe;
Tout s'épand, juſqu'à l'hypocras,
Iuſques à la ſauce des plats,

Iuſques

Iusques à l'eau de fleur d'orange,
Les Amours toute leur eau d'ange
Versent, & le sieur Apollon
Toute l'eau de son Helicon,
Vulcan, toute l'eau de sa forge,
Et Saturne dedans sa gorge,
N'ayant plus de flegme à pousser,
Renuerse son pot à pisser.
Dieu sçait quel étrange lauage,
Chacun s'étonne de l'orage;
Le flux est si continuel,
Qu'on craint qu'il ne soit eternel;
Déja la campagne se noye,
On ne voit plus chemin ny voye,
Ny pas, ny route, ny sentier;
On peut bien dire adieu panier,
Et chanter vendanges sont faites,
Adieu chansons, adieu goguettes,
Adieu les nauets & les choux,
Le Iardinier a du dessous,
Le Laboureur en a dans l'aisle,
Et justement le Ciel querelle
De voir que perdant sa moisson
Il perd l'habit & la façon.

Mais Juppin qui voit ce rauage,
Et se plaist en ce beau ménage,
Non content de pester en l'air
Comme vn beau diable de Vauuer,
Va prier Neptune son frere,
Qui lors d'vn tronçon de Galere
Faisoit vn tres-friant repas,
De luy prester vn peu son bras,
Auec vn petit de son onde,
Pour lauer les crimes du Monde.
A sa Requeste compliment
Ne fit le Dieu porte-trident;
Ains sans perdre temps dauantage
Conuoqua, par vn prompt message,
Les grands Fleuues & les petits,
Qui ne sont pas des apprentifs,
Comme chacun sçait, à mal faire;
Témoin la Durance, Lysere,
Et le Fleuue des Gobelins,
Petites gens, mais bien malins,
Ausquels sans beaucoup de langage,
D'autant que le bleu personnage
Auoit appris que des discours
Les meilleurs, estoient les plus cours;

Il dit seulement faites rage,
Dire n'en fallut dauantage.
Soudain pour gagner les dehors,
Les voila tous dessus les bords,
Gros des eaux de toutes leurs sources,
Qui hastans leurs rapides courses,
En vn instant s'en vont combler
Les creux abysmes de la Mer.
Si bien que pressé dans sa couche
Ce Dieu de l'Element farouche,
Voyant le bois de son chalit
Pour tant de monde trop petit,
Contraint fut se jetter à Terre
Dessus vn matelas de pierre;
Et frappant de son curedent,
Lequel il nomme son trident,
De rompre digues & bordages,
Et renuerser tous les riuages
Qui remparent les animaux
Contre la malice des eaux.
Lors la Terre sans esperance
De pouuoir faire resistance
A des Tyrans si débordez,
Et de raison si peu guidez,

Pour ne voir détruire sa race,
D'eau se couurit toute la face,
Laissant courir dessus ses flancs
Ces fiers & furieux torrens,
Qui dans leurs cours épouuentables
Entraisnent tout, & Dieux & Diables,
Bestes & gens, trippes, fagots,
Marmites, plats, pintes, & pots;
Il n'est mur ny cloison si forte,
Que le flot n'attaque & n'emporte,
Temple qui ne soit abbatu,
Palais qui n'en ait dans le cu;
Si quelque maison mieux fondée
Iusqu'au fondement n'est fondée,
Et n'a pas encore bandé,
L'Hoste n'en est pas moins frondé,
Ny pas moins sa femme & ses filles
N'y lauent leurs pauures guenilles;
Car le plus huppé bastiment
Dans l'eau qui croit incessamment,
Montrant à peine vn peu la teste,
En a tantost iusques au feste,
Adonc Jean qui noyer se voit
En son grenier, monte en son toit,

Pierre au clocher de son Village,
Où voyant encor son naufrage,
Tâche éperdu, prenant son croq,
D'en gagner la pointe ou le coq;
Mais l'eau qui marche comme un Basque,
L'ayant attrappé par la basque,
S'il ne sçait sa notte chanter,
Luy monstre viste à déconter;
Cettuy-cy dessus une roche
Ayant de pain doublé sa poche,
Regarde croistre le danger,
Où n'ayant plus rien à manger,
Attend que dans son territoire
Dame Thetis luy porte à boire;
Chacun sur ce qu'il peut trouuer
Essaye en vain de se sauuer,
Le Vilain dessus sa cassette,
Le Coquet dessus sa coquette,
Le Coquin dessus son bissac,
Le Chicaneur dessus son sac,
Le Cordonnier dessus son liege,
Le President dessus son siege,
Le Barbier dessus son damier,
Le Palot dessus son fumier,

Le Saccauin deſſus ſa pance,
Et Jean Robin deſſus ſa lance;
Cettuy-cy dedans vn battean
Vogue ſur ſon petit Chaſteau,
Cet autre ſur ſon heritage,
A qui ny l'Art du Nauigage,
Ny la ſcience du Forçat,
Ne ſert non plus dans cet eſtat,
Que de Themis le haut plumage;
Les Oyſeaux meſme font naufrage,
Ne ſçachans plus où ſe percher;
Et le confus & las Nocher
Cherchant en vain par vent & voiles
Un autre port que les étoiles,
Eſt contraint comme les Oyſeaux
De donner du bec dans les eaux.
Lors tout eſt mis à l'étallage,
Tout trotte, tout flotte, & tout nage,
Cage, berceau, botte, patin,
Siffre, tambour, Pierre, Catin,
Lutrain, bourdon, ſceptre, bequille,
Chauſſe, pourpoint, cotte, roupille,
Edicts, contracts, lettres, tarots,
Briguans, Voleurs, Archers, Preuoſts;

La chair qui faisoit tant la nique,
Au poisson, par poisson inique
Enfin est contrainte à ce jour
D'endurer la nique à son tour;
Comtes, Barons, Princes, Monarques,
Boiuent à la santé des Parques;
Taupes, Fourmis, Mouches, Taons,
Tygres maudits, Serpens, Griffons,
Bœufs, Boucs, Brebis, Chevres, & Vaches,
Traistres, Filoux, Larrons, Gauaches,
Ne sçauroient s'exempter des eaux,
Pas seulement les Maquereaux.
Qui pourroit conter le dommage
Que fit ce celeste rauage,
Combien perirent de mortels,
Combien de Dieux sur leur Autels
Noyez, faute de callebaces,
Combien se perdit de besaces,
De casaquins & de chappeaux;
Combien la Mort vsa de faux,
Et de ciseaux la laide Parque,
Combien Caron dedans sa barque;
Qui plus est tygre qu'vn Sergent,
Receut de bel argent content,

Sçauroit bien plus qu' Arithmetique,
Dont pas beaucoup ie ne me pique ;
Suffit de vous faire sçauoir
Qu'en vn Pays qu'il fait beau voir,
Entre la Beoce & l'Attique,
S'éleue droit comme vne pique
Vn tres-beau Mont fait en Ygrec,
Dit Parnaſſus au double bec,
Rocher alors le ſeul au Monde,
Qui faiſant nique au Dieu de l'Onde,
Malgré ſon trident & ſon eau,
N'auoit point mouillé ſon chappeau ;
Deucalion dans vne barque,
En dépit de la fiere Parque,
Auec ſa femme à ſon coſté,
Plus ſon fromage & ſon paſté,
Eſtoient les ſeuls de ce naufrage,
Tant femme, paſté, que fromage,
Qui n'auoient pour maintes raiſons
Seruy de paſture aux poiſſons,
Et ſi ſauuez ils n'eſtoient mie ;
Car bien que ſa tant douce Amie
Les cornes luy euſſe montré
Dudit beau Mont cornuſacré,

Si

Si n'estoit encor à vray dire,
Temps de chanter, ny temps de rire;
Mais si bien fut par Iupiter
Temps de rire, & temps de chanter,
Alors que donnant de la pouppe
Dans cette sacré cornucroupe,
Il eut attaché son batteau
Audit sacré cornucoupeau;
C'estoient les meilleures personnes,
Les plus douces, les plus consonnes,
Et les plus honorans les Dieux,
Qui furent iamais sous les Cieux;
Pirra sa chaste & chere femme,
Estoit la plus honneste Dame
Qui porta iamais calleçon;
Et son mary Deucalion,
Qui voyage auoit fait à Rome,
Estoit le meilleur petit homme
Qui iamais y porta bourdon;
Elle estoit plus souple qu'vn jon,
Plus humble qu'vne Tourterelle;
Iamais pour beurre ny chandelle
Elle n'auoit eu question;
Et son mary Deucalion,

K

Qui toûjours l'appelloit sa mie,
Iamais aucun iour de sa vie
Ne luy dit pire que son nom;
Onc, secrette inclination,
Feu n'alluma dans son visage,
Ny ne la mit en son ménage
En peril de contusion;
Et son mary Deucalion,
Digne Chrestien, bon Romiuage,
Onc ne courut en garroüage
Peril de circoncision.
Jupiter, qui de son Donjon
Vit ses innocentes Colombes
Plus paisibles que des Palumbes,
Ses gens si bons & si pieux,
Jugea ne pouuoir faire mieux,
Que du drap de si bon vsage
En r'habiller l'humain lignage;
Mais d'autant qu'il falloit secher
Parauant son moite plancher,
Tant pour deroüiller son tonnerre,
Que pour se guarir d'vn caterre,
Qui fâchoit fort en verité
Sa diue pectoralité,

Soudain il hucha sa seruante,
Bonne fille & fort diligente,
La Bize, auec l'Aquilon gay,
Qui dans quatre coups de balay
Nettoyerent toutes les ruës
Du Ciel; & dißipant les nuës,
Rendirent à l'air épuré
L'éclat de son front azuré.
Alors Thetis découroucée
Déplißa sa robbe plißée,
Et le Prince du flot grondant
Posa de mesme son trident,
Commandant son joly Trompette
Tritton, de sonner la retraitte;
Ce Courrier, qui communément
Porte vn rabat comme vn Flamant,
Du plus beau bleu que la Nature
Puiße fournir à la peinture,
Obeißant, il prit son cor,
Son joly cor, toûjours d'accor,
Lequel s'entend du bout du Monde;
Qui comme vn Serpent fait en onde,
Va toûjours en retretißant.
A peine d'vn son glapißant

K ij

Eut-il sonné farlarirette,
Qui veut dire en langue Trompette,
Nobles Seigneurs retirez-vous,
Que les flots filerent tous doux.
Dame Thetis troussa ses quilles,
Laissant son sable & ses coquilles;
Les Riuieres dedans leurs bords
Renfermerent leurs moites corps;
Les Rochers montrerent leurs festes,
Et les Pins leurs boüeuses testes.
Alors mettant son cul à l'air
La pauure Terre, à découuert
Fit voir sa carcasse moüillée,
Et sa robbe dépenaillée,
A ses pauures gens toüs moüillez,
Et comme elle dépenaillez,
Qui ne trouuans ny gens ny beste,
Ny lit dressé, ny souppe preste,
Dans cette cauerne d'esprits,
Où Phebus & ses neuf Souris,
Qu'il appelle ses neuf Pucelles;
A faute de bouts de chandelles,
Sont contraints plus de quatre fois
De ronger les bouts de leurs doigts;

Couru qu'ils eurent le Parnasse,
Depuis Virgille jusqu'au Tasse,
Enfin trouuerent en ce lieu
Themis, qui pour l'honneur de Dieu
Lors disoit la bonne auanture,
Fort bonne Dame ie vous jure,
Mais qui pourtant depuis les Roys
Ne daigne parler sans la Croix;
A laquelle en cette maniere
Ils adresserent leur priere.
Gens qui n'ont pas vn cardescu,
Crottez & moüillez jusqu'au cu,
Piteuses reliques de l'Onde,
Aujourd'hui seuls Maistres du Monde,
Mais pourtant Maistres sans valets,
Sans chemises & sans collets,
Sans pot, chaudiere, ny coquasse,
Prosternez deuant vostre face,
Vous supplient, Dame Themis,
De faire tourner le Tamis,
Pour nous dire à tout auanture,
Par raison, ou par conjecture,
Ce que ces gens tant pluuieux
Veulent de nous; car si les Dieux

Cuident ſur la carcaſſe noſtre
Se remplumer, Iean c'eſt la voſtre;
S'ils n'ont d'autre corde à leur arc,
Ils peuuent dire adieu mon parc,
Ils n'en verront iamais les beſtes,
Il a trop negé ſur nos teſtes,
Nous auons trop vuidé les pots,
Et trop fait la beſte à deux dos,
Pour vaquer à ſi bel ouurage.
Répondez donc, Dame tres-ſage,
Sans nous dire ny mais, ny car,
Nous vous en conjurons, tant par
Le mortier qui vous ſert de caſque,
Que l'outil qui vous ſert de maſque,
Dont joüant à Colinmaillard,
Vous prenez Marte pour Renard;
Par les pieds de vos Eſcreuiſſes,
Par les cornets de vos épices,
Par la corne de vos cornets,
Et la corne de vos bonnets.
A quoy la Deeſſe emplumée,
Leur dit d'vne voix enrumée,
Allez enfans, claquez vos culs
A l'air, diſant trois fois bocus,

Puis soudain jettez en arriere
Les os de vostre grande Mere ;
Dont Pirra qui les choux cabus
Entendoit mieux que les rebus,
Se mit profondement à rire,
Ne pouuant croire qu'vn tel dire
La Deesse eut prononcé,
Sans auoir le coude haussé,
Plus que ne veut la bien-seance
D'vne Dame portant balance.
Mais le sage Deucalion
Qui Iesuiste auoit, ce dit-on,
Esté quatorze ans à la Fleche,
A l'instant découurit la mesche,
Et ledit rebus déchifra,
Disant à sa femme Pirra,
Que cette Mere estoit la Terre,
Et les os en estoient la pierre ;
Ce qu'entendu, sans plus tarder,
Sortirent, & sans marchander,
Au milieu d'vne grande Plaine,
Qui de pierre estoit toute pleine,
Les susdits & pretendus os
Fronderent par dessus leur dos,

Ces cailloux, qui le pourroit croire,
Sans ce qu'en dit Maiſtre Gregoire
Dans ſon ample Traitté des cloux,
Des cors des pieds, & des cailloux,
A peine eurent-ils touché Terre,
Que changez ils furent de pierre
En beaux Enfans, non pas tous nus,
Mais tous chauſſez & tous veſtus,
Tous auſſi drus que Pere & Mere,
Et comme eux tout preſts à tout faire,
A plumer, à cuire, à trancher,
A larder, à chair embrocher,
Tous garnis comme eux de machoires,
De ceintures, & d'écritoires,
D'heures, de pſaultiers, de pardons,
De coquilles, & de bourdons ;
Oncques perſonnes plus gentilles,
Autant les Fils comme les Filles,
De Rocaille ne furent nez,
C'eſtoient leurs parens tout crachez,
Deſquels cette Mere deſerte,
Par ſes propres os recouuerte,
A depuis conſerué chez nous.
Cet illuſtre ſang de cailloux,

Gens

Gens belliqueux, & d'œil farouche,
Qui font feu fi toft qu'on les touche,
Et feruiroient à fier outil
Au befoin de pierre à fufil;
Témoin nos Seigneurs fans reproche,
La Pierre, la Roque, & la Roche,
Les Rochefors, les Defrochers,
Qui vont dérochans les Rochers,
Les Roquerouges, Roquebrunes,
Les Iroquois, les Croqueprunes;
Bref tous les gens de ric & roc,
Excepté Monfeigneur fainct Roc,
Et defunt Monfeigneur fainct Pierre,
Le Sieur Dampierre & Baffompierre,
Et l'honnefte Roy de Maroc,
En ont tiré leur dur eftoc.

LE SERPENT
PITHON

AINSI parut humaine face
Sur la Terre, qui de sa crasse
Conceut des Chiens & des Cheuaux,
Et tous les autres Animaux
Qui peuplent aujourd'huy les Tables,
Les Bois, les Champs, & les Estables;
Plusieurs Monstres elle poussa;
Ie ne sçay pas qui l'engrossa
De Pithon, venimeuse engeance,
Serpent, lequel dans sa naissance
Quand la Terre en eût accouché,
Estoit plus grand qu'vne Duché;

L ij

D'autres disent plus qu'un Royaume ;
Mais si croire en faut Maistre Cosme,
Qui jouë fort bien du Serpent,
Il n'estoit long que d'un arpent ;
Encore le sieur de Serpille
Dit que ce n'estoit qu'une anguille ;
Quoy que c'en soit, à tout hazard,
Anguille, Serpent, ou Lezard,
Dragon, Couleuure, ou Crocodille,
C'estoit vne fausse Chenille,
Qui ne se curoit pas les dens
Auecques des petits Enfans,
Mais auecques des grandes Villes
Qu'il aualloit comme lentilles ;
Si bien que si tel garnement
Encor eust vescu seulement
Deux minutes & deux journées,
Auec quatre ou cinq mille années,
Le pauure Monde estoit détruit ;
Mais Phebus, Archer bien instruit,
Entreprit ledit Monstre abattre ;
Ce qu'il fit, non pas sans combattre,
Ny sans jetter flâmes & feux ;
Pithon, Serpent vaillant & preux,

Faiſoit rage de ſa perſonne ;
D'autre part le Fils de Latone
Ne s'épargnoit ny prou ny peu ;
Si l'vn attaquoit comme vn Dieu,
L'autre ſe defendoit en Diable ;
C'eſtoit choſe moult effroyable,
De voir les flâmes & les dards
Qui ſe lançoient de toutes parts,
Les feux & les rouges flâmeſches ;
Phebus auec toutes ſes fleſches
Fut en danger plus de trois fois
D'y laiſſer ſon noble Carquois,
Et s'en retourner ſans rien faire,
Ayant bruſlé dans cette affaire
Six onces d'or de ſes cheueux,
Receu des ſoufflets plus de deux,
Et perdu trois dents machelieres ;
Iaçoit qu'apres maintes carrieres
Finalement Monſieur Phebus
Luy fit chanter ſon In manus,
Qui fut vn beau chant pour ſa gloire,
Luquel pour garder ſa memoire
Beaux jeux le Monde inſtitua ;
Qui celuy qui Tithon tua,

Selon les œuures Poëtiques,
Fit appeller les jeux Pitiques,
Pitiques nommez à Pitho,
Comme dit le Pere Peto,
Où n'estoit receu ny bequille,
Podagre, ny jambe de bille,
Ny gens portans souliers trop longs,
Corps és pieds, ou mule aux talons,
Ny fers piquans; hé pourquoy? pource
Que c'estoient les jeux de la course,
Où qui gagnoit, estoit mené
En triomphe, ou bien entraisné,
Couronné de fueille de Chesne,
Et par fois de fueilles de Fresne;
Car pour écu ny pour denier
N'estoit alors brin de Laurier,
Dont tres-piteuse doleance
Faisoient les Jambons de Mayence,
Et les nobles Poëtes aussy;
Phebus seul n'estoit en soucy,
Quoy ceignit sa tresse dorée
Raue, persil, ou chicorée;
En ce Temps il trouuoit tout bon;
Faute d'vn Chapeau de chardon,

D'ortie, ou de fueille susdite,
Coiffé se fut d'vne marmitte,
Car lors il n'auoit, ce dit-on,
Senty le feu de Cupidon.

LES AMOVRS
D'APOLLON
ET DE DAPHNE·
FABLE.

L A premiere amoureuse flâme
Dont ce fier Tyran de noſtre ame
Embraza le plus beau des Dieux,
Ce fut la flâme des beaux yeux
Que portoit dans ſon frontiſpice
Daphné, Pucelle ſans malice;
Chaude flâme, que le hazard
Point n'alluma, mais ce Baſtard,
Enfant de Madame Citere,
Qui plus meſchant qu'vne Vipere,
Fit courir comme vn incenſé
Ce Dieu qui l'auoit offencé.

Quel

Quelque temps apres la Bataille
Du grand Pithon le Portécaille,
Où, comme est dit, il fut vaincu
D'vn trait qu'il receut dans le cu;
Phebus enflé de sa victoire,
S'en faisoit, dit-on, tant accroire,
Qu'on n'osoit plus le regarder;
Il ne parloit que de darder,
D'estocader, de faire botte;
Il n'alloit plus sans grosse botte,
Quoy que ce fut en plein Esté;
Iamais sans brette à son costé,
Sans horrible & grande plumache,
Sans gros buffle & fiere moustache;
Il ne manquoit plus à ce Dieu
Qu'vne emplastre noire sur l'yeu,
Auec vne jambe de bille,
Pour estre plus meschant qu'Achille.
Vn matin ce nouueau Filou,
Qui ne juroit que capdediou,
Et ne cherchoit que chapechute,
Rencontra dessus vne butte
Le Dieu des Ris & des Attraits,
L'Enfant Amour, qui de ses traits,

M

Qui font faits comme des cheuilles,
Enfiloit perles & coquilles ;
Auquel noftre petit Dieu Mars
Dit ainfi. Pauure petit gars,
Pauure Enfant creué de folie,
Pauure petit croqueboulie,
Petit Archer, malencontreux,
Es-tu bien fi prefomptueux
De bander Arc, ou tirer fléche,
De faire fente, trou, ny brefche,
Deuant moy ? moy le grand Phebus,
Moy le grand Maiftre Doribus,
Du Matrat, & de l'Arbalefte ?
Moy Phebus le grand couppe-tefte,
Phebus le grand couppe-jarret,
Qui plus vaillant que Cefaret,
Et plus terrible que Pompée,
M'appelle Phebus coup d'efpée,
Phebus au chappeau retrouffé,
Qui depuis le combat paffé
Ne paye plus rien à la porte,
Phebus le vaillant paye-morte,
Qui fais nargue aux Comediens,
La nique aux Chats, & corne aux Chiens.

Sus donc Bâstard, quitte ces armes,
Trop fortes pour vn Dieu des charmes,
Vn gueux, vn sorcier, vn bandy,
Vn fol, vn Dieu plus étourdy
Que le premier coup de Matines,
Vn dissipateur de courtines,
Vn petit coureur de Landy,
Vn gourmand, vn cherche-midy,
Qui par fous fils, sur filles folles,
Par cent faits fous le Monde affoles,
Vn patroüilleur, vn farfoüilleur,
Auquel ont mes filles d'honneur
Donné plus de coups de lanieres,
De coups de pieds ǵ d'étriuieres,
Que n'as fait jouster de poulets,
Et fait aualler d'œufs mollets;
N'espere pas croistre ta gloire
Par les outils de ma victoire,
Dont grace à Monsieur sainct Miché,
I'ay Serpent horrible embroché;
Rends ce trait, rends cette arbaleste,
Petit Serpent à rouge crefte,
Ou ie te prendray ton chappeau;
Contente-toy de ton flambeau

M ij

Pour rechauffer froide cuisine,
Griller boudin, frire poitrine,
Ardre bouquins, gaupes tenter,
Asnes baster, cornes planter.
Voila de Phebus l'insolence,
A qui l'Amour, que telle offence
Faisoit rire du bout des dents,
Le front rouge, & les yeux ardens,
De son petit cœur plein de rage
A peu pres tira ce langage.
Hé depuis quand, Monsieur Phebus,
Auez-vous quitté vos rebus,
Et vostre celeste brigade,
Pour en habit de Mascarade
Faire peur aux petits Enfans?
Depuis quand courez-vous les champs?
Auez-vous le cerueau malade?
Quelle mauuaise herbe en sallade
Vostre esprit a tant detraqué?
Quelle mouche vous a piqué?
Quel ver a poind vostre cucule?
Seroit-ce point la Tarantule?
Qui vous fait ainsi tremousser?
Mieux à vous eust valu danser

Ballet, & donner ferenade,
Que nous faire telle incartade;
Pas ne vous eftes ce matin
Signé de voftre bonne main,
Quand pour nous intenter querelle,
Vous auez quitté voftre Vielle,
Et pris en main fier Braquemart,
Pour, armé comme vn Jaquemart,
Sur nous, non fans grand vitupere,
Exercer meftier de Corfaire;
Auant la mort du fieur Pithon,
Qui vous fit grand peur, ce dit-on,
Vous eftiez plus doux qu'vne image;
Mais ores plus mievre qu'vn Page,
Les deux mains deffus le rognon,
Iurez par la mort d'vn ognon,
Que vous nous aurez la caillette;
La caillette, par ma figuette,
Ia ne l'aurez de quatre jours;
Les Amours ont monté fur l'Ours;
Fußiez-vous monté fur Pegafe,
Qui n'eft qu'vn fat, & vous vn aze,
Encor de vous n'aurions-nous peur;
Ie fuis tout feu, ie fuis tout cœur,

Ie suis bon cheual de trompette,
I'éternuë quand l'asne pette;
Bien d'autres Filoux auons vus
Plus noirs que vous, & plus cornus,
Lesquels encor sur vostre teste
Mangeroient pastez de requeste,
Qui ne nous ont pas fait cacher,
Mais que bien auons fait cracher
Tripes, boyaux, argent, valize,
Eu la coine, apres la chemise,
Et sans lampe auons fait coucher;
Et cependant maudit Archer,
Miserable Docteur de bale,
Pauure coquin, toque-cimbale,
Gueux à visage de Rebec,
Belistre qui n'as que le bec,
A moy qui pire que tempestes
Ay soumis par mille conquestes
Mon grand Pere l'Altitonant,
A moy le Prince du Ponant,
Enfant de la masse premiere,
Sans qui Nature & la lumiere
Ne seruiroient que d'vn niquet,
A moy le Prince du paquet,

Qui preside sur tout le germe
En terre molle, en terre ferme,
Grand Maistre des Eaux & Forests,
A moy le Prince du Marests,
Marquis de la Motte & du Tertre,
Roy naturel du petit Sceptre,
Qui regne sur les verts boquets,
A moy le Prince des Coquets,
Pere de toutes les familles,
Pauure Vielleur, porte-guenilles,
A moy tu t'ozes attaquer;
Mordy ie te feray bouquier;
Tu pretends auoir de mes fléches,
Je t'en garde, mais des plus seches;
Deuant qu'il soit deux jours passez
Tu m'en payra les pots cassez;
Amour pire qu'vn asne rouge,
Te prepare vne belle gouge,
Où tu bruleras tes papiers
Non seulement, mais tes souliers
Vzeras courant apres elle,
Sans que iamais la Damoiselle
Te laisse seulement baiser
Les bords de son pot à pisser.

Ce dit, cette maligne beste
Amour, banda son arbaleste,
Puis en disant tatifrappé,
D'vn trait en l'vrine trempé,
De Daphné la chaste pucelle,
Vn trou luy fit à la mammelle ;
Par où dix de ses compagnons,
Pas plus grands que des champignons,
Portans en main rouges flâmesches,
Soufflets, tisons, charbons, & mesches,
Entrerent, & soufflerent tant,
Qu'en son pauure cœur à l'instant
Jl sent brûler vne fournaise,
Il n'est plus que flâme & que braise,
Jl meurt pour la belle Daphné,
Déja son teint en est fanné ;
Mais elle à qui ce Dieu Vipere
Auoit percé la boudiniere,
D'vn trait vilainement graissé
De la graisse d'vn trépassé,
Porte en son cœur vne glaciere,
Que la chaleur & la lumiere
De ce beau Dieu de la clarté,
Ne sçauroit fondre en plein Esté.

Il a beau l'appeller son ame,
Luy composer son anagrame,
Luy presenter beaux affiquets,
Belle guirlande & beaux bouquets;
Beaux fruits & fleurs de Retorique,
Luy faire entendre la Musique
De la Pierre & de Constantin,
Luy mener le jeune Martin,
Et Monsieur Lambert son Compere;
Cela ne luy profite guere,
Non plus que les petits poulets,
La Comedie & les Balets,
D'autant que la simple Fillette,
Ainsi qu'vne Madelonnette,
Porte vn cœur naturellement
Fait en pointe de diamant;
La Chasse est toute son enuie,
Son Chien toute sa compagnie,
Son Carquois est son fauory,
Et son Arc son petit mary,
Dont tres-dolent son noble Pere
Luy dit par fois. Fille tres-chere,
Daphné, ma petite fanfan,
Daphné, que i'ayme tant oüanoüan;

N

Vous me deuez, ma Fille tendre,
Vous me deuez vn petit gendre.
Quand voulez-vous vous acquiter?
Quand voulez-vous faire sauter
Voftre bonne Maman, petite?
Quand voulez-vous, dités ma mitte,
Ioyeux feftin nous prefenter,
Et nous faire vn tantin tafter
Du broüet de voftre marmitte?
A qui la bonne chatemite,
Qui dans fa main cache vn ognon,
Luy dit pleurant; Papa mignon,
Laiffez en paix ma fourifiere,
Ny chat ny rat dans ma chatiere
Iamais n'y croquera lardon;
I'aymerois mieux manger chardon,
Et coucher dans le cimetiere,
Que de crier comme ma Mere
Petits paftez d'vn fi haut ton;
I'aurois trop peur, Papa mignon,
D'enfanter vn jour par l'oreille,
Qui feroit douleur nompareille.
Laiffez-moy donc fermer voftre huis,
Et viure telle que ie fuis;

Ce que non, ſans douleur amere,
Luy promet ſon Seigneur & Pere ;
Tandis le beau Roy des Saiſons,
Qui court aux petites Maiſons,
Afin de pareſtre à la mode,
Fait venir Blet qui l'accommode,
Et luy couppe ſes beaux rayons,
Qu'il appelle ſes cheueux blonds ;
Il ſe recure la genciue,
Met du linge blanc de leßiue,
Neuf collets blancs aux Muſes neuf,
Au ſieur Pegaſe vn baſt tout neuf,
Deſſus ſa teſte vne Hemiſphere ;
Et pour monſtrer ce qu'il ſçait faire,
En l'honneur de la faculté,
Vne ſiringue à ſon coſté ;
Il s'oingt, il ſe plaſtre, il ſe mire,
Il s'huile, il ſe gomme, il ſe cire,
Il ſe fait la barbe des yeux ;
C'eſt merueille de ſes beaux neuds,
Des beaux galans de ſa Guitterre,
De ſon beau ruban d'Angleterre,
De ſon magnifique collet,
Et de ſon habit de Balet.

Qui pourroit auoir assez d'armes
Pour resister à tous les charmes
D'vn Dieu qui porte vn neuf pourpoint ?
C'est Daphné qui n'en manque point,
Qui voyant venir apres elle
Phebus courant à tire d'aile,
De son costé double le pas,
En disant Vade Satanas,
Elle va comme vne Hyrondelle ;
Et si la peur à la pucelle
Luy fait chausser des ailerons,
L'Amour chausse des esperons
A Phebus, qui dans sa littiere
Communément n'en porte guere ;
Tous deux la crainte & les desirs
Les font trotter comme Zephirs ;
Mais Phebus l'amoureux alaigre,
Qui va du pied comme vn chat maigre,
Est déja si pres de son dos,
Qu'il luy peut tenir ces propos.
Où fuyez-vous, cruelle Nymphe ?
Où fuyez-vous, beau Pananymphe,
Des vertus comme des beautez,
Pour Dieu, belle Nymphe, arrestez ;

Arrestez, ô Nymphe adorable,
Ie ne suis pas si miserable,
Ny si pendart que vous pensez;
Ie n'ay pas des sabots chauffez,
Mais des belles & blanches bottes;
Ie ne suis pas vn caffemottes,
Vn visage de bois flotté,
Ie suis vn Dieu bien fagotté,
Le beau Phebus à tresse blonde,
Le plus grand Cuisinier du Monde,
Pere du mois, Pere de l'an,
Roy de l'éguille & du cadran,
Baron du Four, Duc de l'Optique,
Prince du Royaume Ecliptique,
Seigneur de la Prose & des Vers;
Et grand Fallot de l'Vniuers.
Non non, Pucelle incomparable,
Ie ne suis pas tant effroyable,
Ny tant diable que ie suis noir;
Ie suis vn Dieu qu'il fait beau voir,
Ie suis le Dieu qui tout éclaire,
Bon Chantre, bon Apoticaire,
Bon Medecin, bon Tabarin,
Bon fluteur & bon tabourin;

Pere ie fuis de toutes chofes,
Des Oeillets, des Lys, & des Rofes,
Le beau Phebus au crin doré,
Qui fçais lire comme vn Curé,
Qui fçais mieux efcrimer encore;
Ie fçay joüer de la Mandore,
Du Cor & du Pfalterion;
Ie fuis vn fort bon Violon,
I'ay douze Maifons, i'ay Caroffe,
Ie n'ay fur moy playe ny boffe,
Ie ne fuis Turc ny Parpaillot,
Ie fuis vn Dieu fort bon fillot.
Hé pourquoy donc, Nymphe mauuaife,
N'oferay-je en voftre fournaife
Faire fondre vn petit lingot,
Toucher vn peu voftre gigot,
Et clorre voftre parentefe;
Chercher vn peu voftre mortaife,
Et découurir voftre magot;
Belle, donnez-moy voftre ergot,
Ce n'eft pas pour ce qu'il vous femble,
Ce n'eft que pour danfer enfemble,
Et vous faire dire hopegay
Au fon d'vn petit branle gay;

Il n'est plaisir tel que la dance;
Voulez-vous oüyr quelque Stance,
Arrestez seulement icy;
J'en ay du Baron de Plancy,
De feu Marot & de Cigogne;
J'en ay de Madame Gigogne,
Et de Gifflart Poëte du Roy;
En voulez-vous aussi de moy,
Arrestez, ô Nymphe farouche,
J'en feray dessus vostre bouche;
Ce me sera plaisir bien doux
De faire des œuures sur vous;
Arrestez, ô Nymphe follette,
En faueur de jambe mollette
De Phebus le Dieu Lasdaller,
Qui pour vous ne fait plus qu'heurler,
Qui pour vous ne fait plus que braire;
Arrestez, Nymphe solitaire,
En faueur du pied dessollé
D'vn pauure amoureux rissollé.
Voila la complainte bourtuë
Que de sa poitrine feruë
Tiroit ce dolent amoureux;
Il frise déja ses cheueux,

Et déja ſa griffe paillarde,
S'étend pour gripper la fuyarde,
Laquelle ſentant Apollon
Qui luy marche ſur le talon,
Sur le poinct d'eſtre violée,
Adreſſe à ſon Pere Penée
Cette humble priere. O Pater,
Qui m'auez promis plus de ter
Que coup de nerf, ny coup de verge,
Sur mon pauure parchemin vierge
Onc ne feroit impreſſion;
Pere, prenez compaſſion
De voſtre Fille bien-àymée,
Qui court riſque d'eſtre entamée,
Si ne baillonez d'vn baillon
Son entrefretinfretaillon.
A peine elle eut cette priere
Finy, que ſon tres-noble Pere
L'écoutant, ſa courſe arreſta,
Et pour reuerdir la planta.
Lors ſortirent de ſes deux manches,
Au lieu de bras, deux belles branches;
Dans ſes deux mains on ne vit plus
Dix doigts, mais dix rameaux fourchus;

Sa belle & blonde cheuelure
Prit außi la mesme parure;
Et son corps gent, plus droict qu'vn jonc,
Alors ne fut qu'vn pauure tronc,
Manifestant par son branchage
D'vn Laurier le sacré feüillage.
Lors voyant ses amours ramus
Nostre pauure Amoureux camus,
Außi froid que pierre de marbre,
Embraße encor ce nouuel arbre,
L'étraint, l'arrose de ses pleurs,
Et luy promet mille faueurs,
Que iamais l'inique froidure
Ne gâtera sa cheuelure,
Qu'elle a beau coucher au serain,
Qu'elle ne se tourmente grain
Ny de rume, ny de catterre,
Ny de gresle, ni de tonnerre;
Que les neuf Vierges, ses neuf sœurs,
N'iront iamais sans ses couleurs,
Non plus que les plus grands Monarques;
Et que lui pour dernieres marques
De son amour, jusqu'au tombeau,
La portera sur son chappeau;

O

Dequoi la pauure repentante
Montre qu'elle en est bien contente,
Mais plus encore si son sot
De Pere ne l'eût prise au mot.
Vous qui lisez ce bel exemple,
Pucelles, en qui ie contemple
En corps de chair, cœur de rocher,
Voici bien dequoi vous toucher;
Pensez bien à cette auanture
Du Laurier, qui fut creature,
Qui trop tard meshui se repent
D'auoir dos, à si bel Amant,
Tourné plûtost que la fressure;
Moi-mesme y pensant, ie vous jure
Que ie suis tout prest d'en pleurer,
Hormis quand i'en vois decorer
Quelque beau lambon de Mayence;
Car alors ie prens patience,
Et dis en moderant mon dueil,
Autant nous en pend-il à l'œil;
Et puis qu'eussent fait dans le Monde,
Sans cette Plante si feconde,
Tant de braues Auanturiers,
Tant de nobles Machelauriers,

Tant de Bonnets, tant de Ceruelles,
Tant de Lyres & tant de Vielles,
Qui lisant vn si piteux cas,
Je croi n'en refuseront pas
A moi qui n'en plante ni cueille,
Vne pauure petite feüille,
Pour, auec tronçon de veau gras,
Faire boüillir entre deux plats.

LES AMOVRS
DE
IVPITER
ET DIO.

S I tost que du pauure Penée
Daphné la Fille imfortunée,
Comme est dit au Pere des Mois,
Eust monstré visage de bois,
Mille petits Dieux de Riuiere,
Les subjets de Monsieur son Pere,
Vindrent sur batteaux de relais
Dedans son humide Palais,
Se condouloir de l'auenture
De sa trop chaste geniture.
Jnache seul ne s'y rendit,
Trop il auoit, à ce qu'on dit,

Courant par les champs comme vn Barbe,
D'affaire à s'arracher la barbe,
Sans se mesler du poil d'autruy;
Trop auoit d'angoisse & d'ennuy,
Loin d'Io son cœur & sa joye,
Dont il n'auoit ny vent ny voye,
Laquelle depuis des jours dix
Il croyoit estre en Paradis,
Bien que si loin ne fusse mie,
Ains en tres-bonne compagnie
D'vn Dieu qui la reconfortoit,
Tandis que son pere trottoit.
Iupiter l'ayant rencontrée
Bec à bec hors de sa contrée,
En fut incontinent épris;
Car fils de Chat croque souris
Onc ne fut tant aspre au fromage,
Que ce Dieu croque pucelage
Le fut à l'amoureux larcin;
Si bien que dans son boucassin
Sentant vn feu que sa chair grille,
Comme jambon dessus la grille,
Il l'accoste, & luy parle ainsy.
Beauté qui causez mon soucy,

Vierge à reſſort, Nymphe à ſerrure,
Pour laquelle ouurir, ie vous iure,
Vous offre le grand Iupiter
Clef plus douce que clef de fer.
Beau Tullipier, beau pot à roſe,
Qui portez ſur vous vne choſe,
Plus digne de l'Altitonant,
Que d'vn Ruſtaut ou d'vn Manant.
Comment, beau ſujet de mes larmes,
Laiſſez-vous perir tant de charmes,
Expoſant ce teint nompareil
Aux brûlans rayons du Soleil?
Comment dans cette Foreſt ſombre
Ne daignez-vous poſer à l'ombre
Ce teint ſi charmant & ſi doux?
Là ſi vous auez peur des loups,
Ie vous y feray compagnie;
Il n'eſt loup que ie ne défie
Auec mon tonnerre à la main;
Il n'eſt voleur de grand chemin;
Fut-il tout pot & tout cuiraſſe,
Qui vous oſe lorgner en face;
Brigand que ie ne mette à ſac
De mon tonnerre qui fait craq;

Car ie ne suis pas, à Dieu grace,
Un petit Dieu de basse classe,
Vn Miquelot, vn Ramonneur,
Mais vn Dieu qui cherche l'honneur ;
Ie suis le grand Maistre du foudre,
Non Belle pour vous mettre en poudre,
Mais pour de poudre vous garder,
Non pour flâme sur vous darder,
Ny feu, ny foudre, ny flâmesche,
Mais bien vne amoureuse fleche ;
Vous faire gouster vn tantin,
Pour, sans gaster vostre satin,
Vous faire vne amoureuse bresche,
Et mettre vn petit bout de mesche
Dans vostre joly serpentin ;
Laissez doncques faire à Martin,
Toujours n'aurez, noble pucelle,
Un Iupin dans vostre escarcelle,
Vn Iupin toûjours Iupinant,
Vn Iupin toûjours roussinant,
Vn Jupiter large d'échine ;
Toûjours n'aurez gregue Iupine
Pour guerir vos pâles couleurs,
Iupin a bien affaire ailleurs ;

Et

Et d'autre employ, ne vous déplaise ;
Qu'à poursuiure Nymphe mauuaise,
Qui chandelle en son martinet
Ne veut souffrir vn tantinet.
Ainsi flanquoit sa batterie
Le Grand Dieu de l'artillerie,
Pour ébranler la fermeté
Du Roc de sa pudicité ;
Mais rien n'y gagnoit le beau Sire,
D'autant que la Nymphe, à vray dire,
Sans l'oüyr, ny luy tenir plaid,
Fuyoit aussi viste qu'vn trait,
Tournant non le sein, mais la nuque,
A ce Dieu qui n'est pas Eunuque,
Qui comme vn Barbe court apres,
Mais elle luy casse du gres ;
Car elle court de telle sorte,
Qu'on diroit que le vent l'emporte,
Ou que le Diable asseurément,
Qui va du pied comme vn Flamant,
La transporte par monts & pleine ;
Si bien que resté sans halaine,
Iupiter lassé de courir,
Mais non pas lassé de couurir,

P

L'enueloppa d'épais nuage,
Où des fleurs de son pucelage
Luy fit après position
Gentille composition;
Quand Iunon qui du haut étage
Des Cieux voit, comme prude & sage,
Que tel nuage ramassé
La Terre n'a point condensé,
Se doute aussi-tost de l'affaire;
Elle deuine le mystere;
Et ne trouuant point son mary,
Traistre, cocu, larron, pourry,
Déloyal, parjure, infidelle,
Voicy de tes faits, ce dit-elle,
Mercy Dieu voicy de tes traits,
Voicy nouueau fruict du marests,
Voicy, voicy, iour de ma vie,
Voicy nouuelle colonnie
Pour repeupler Villa & faux-bourg,
Voicy nouueau regain de Cour
Pour remeubler chambre garnie;
Mais puisse noire compagnie
De Farfadets & de Lutins,
Anere pisser sur mes patins,

Si de ta ratapenicule
Ie te laiſſe vne particule ;
Non plus que de poil au menton.
Ce dit, à grands coups de baſton
Elle chaſſe la noire nuë ;
Mais rien ne paroiſt à ſa veuë
Qu'vne Geniſſe à poil rouſſeau,
Dont pas loin n'eſtoit le Taureau ;
Car Iupiter qui n'eſt pas gruë,
Voyant Iunon fendre la nuë,
Martin baſton portant en main,
De belle queuë auoit ſoudain
La pauure Nymphe débauchée,
Subtilement enharnachee,
Poſé deux cornes ſur ſon front,
Et tous les ornemens, qui font
Des pieds juſques à la caboche ;
Vn corps de Vache, ſans reproche,
A qui pourtant luy fait beau beau
Iunon, qui luy friſant la peau,
Demande à Iupin de quel Monde
Cette Vache eſt ſi belle et blonde ;
Si c'eſt vne Vache d'Arras,
De la Chine, ou du Pays-bas ;

Ou bien vne vache Espagnolle,
Ou la vache à tante Nicole.
A quoy Iupin d'enqueste las,
Dit que c'est la vache à Colas
Qu'enuoyé luy ont les Dipsodes
Tout fraischement des Antipodes;
Adjoustant, pour n'en point mentir,
Qu'elle vient de terre sortir,
Bien qu'il ait menty par sa gorge,
Car c'est vne bourde qu'il forge,
Que la Deesse feint pourtant
De prendre pour argent content;
Si bien qu'en l'espoir qui la flatte
De l'auoir bien tost sous sa patte,
Et la vergetter en amy,
C'est à dire en diable & demy,
Elle la louë, elle l'admire;
Et la trouuant comme de cire,
En demande piece ou loppin
A Monsieur son mary Iupin;
Ce qu'audit Seigneur ne plaist guere;
Car de laisser chose si chere
A la mercy d'vn cœur jaloux,
C'est la mettre à la gueule aux loups;

La refuser, c'est faire pire ;
Car pour si peu Dame éconduire,
Qui porte satin sur velours,
C'est bien de ses folles amours
Luy donner preuue toute claire ;
Il est au bout de sa Grammaire ;
Que fera-il le pauure Espoux ?
Il voudroit bien pour quelques coups,
Ou de patins, ou d'étriuiere,
Estre quitte de telle affaire.
Mais que luy sert de lanterner,
Il est contraint de la donner,
Il faut enfin qu'il l'abandonne ;
Et la raison veut qu'il la donne
A la jalouse Deité,
Qui la reçoit de son costé,
Et tout d'vn temps la baille en conte
Au sieur Argus, de qui l'on conte
Qu'il auoit bien cent yeux au front ;
Dont en dépit du sieur Dupont,
Homme enuieux, lequel enrage
De voir vn bel œil au visage ;
Tout seul il voyoit cent fois plus
Que quatre-vingts dix borgnibus,

Sans les *Quinze-vingts* y comprendre,
Qui nous voudroient auoir veu pendre;
Jamais de luy nul des Humains,
Pour tirer les cirons des mains,
Viser au blanc, guigner au merle,
Enfiler patenoſtre & perle,
N'approcha de cent piques pres;
C'eſtoit vn vray diable en procez
Pour trier ſallade nouuelle,
Et marcher la nuit ſans chandelle;
Auſſi c'eſtoit le ſieur *Argus*,
Le Seigneur aux cent yeux aigus,
Duquel cent toûjours les cinquante
Veilloient ſur la pauure innocente,
Qui pour lors euſt bien mieux aimé,
Voyant ſon honneur entamé,
Porter le froc aux Repenties,
Et ſe frotter le cul d'orties
Dans le faux-bourg S. Honnoré,
Que ſans ſeruiette ſur le pré,
Au grand détriment de ſa pance,
Solemniſer ſans ordonnance
De Vicaire ny de Curé,
Toûjours le Vendredy oré;

Souuent le jour, la pauure Inache,
Dans ses patenostres de Vache,
Maudit le Dieu qui l'attrapa,
Et voudroit bien chez son Papa
Reuoir encores la cramilliere,
Récurer marmitte & chaudiere,
Rattiser les bouts des tisons,
Donner de l'auoine aux oysons,
Souppe tailler, fermer la huche,
Cruche porter, frire merluche,
Plûtost que parmy le cresson,
Loin d'andoüille & de saucisson,
De pastez & de coqueluches,
Ne disner que de fanfreluches.
Las bonnes gens, c'est grand pitié,
De n'auoir du pain qu'à moitié:
Malheureux est, qui dans ce Monde
N'a large écuelle, & bien profonde,
Manche de drap à se moucher,
Et lict de plume à se coucher;
Pas tant n'auoit, comme ie pense,
Io, qui dans sa penitence
Cherche en vain plus de quatre fois
Ses mains, pour en armer ses doigts,

Contre son poil de jaune paille
Qu'elle perdit à la bataille;
Elle admire, non sans horreur,
Dans son ombre qui luy fait peur,
L'étrangeté de sa personne;
Mais ce qui beaucoup plus l'étonne,
C'est de se voir pisser si gros;
Elle maudit à tous propos,
Et donne au diable la bougie,
Dont s'ensuiuit hemoragie,
Craignant que pour vn lupineau
Iupin ne luy eut fait vn Veau,
Qui luy seroit vn grand reproche;
Souuentefois elle s'approche
I u sieur Argus, pour le prier
De luy donner ancre & papier,
Pour écrire vn mot à son Pere,
Et voudroit bien dans sa misere
Auecque luy se consoler;
Mais lors qu'elle luy veut parler,
Du fond de sa gorge brutale,
Comme du creux d'vne Pedalle,
Elle tire vn chant assez doux
Pour attirer coups de cailloux,

Coups

Coups de baſtons & coups de pierre,
Et d'autres inſtrumens de guerre,
Leſquels appliquez ſur les reins
Des gens doüillets, ne ſont pas ſains,
Ny ſur le cul, ne vous déplaiſe,
Des importans qu'on porte en chaiſe,
Qui portez ſont plus delicats
Que gras porteurs, portans pieds plats.
D'autrefois parmy les campagnes
Elle voit ſes cheres compagnes,
Qui juſques deſſous ſes talons
Viennent chercher des champignons,
D'aiſe elle en piſſe deſſous elle,
Mais au diantre celuy ny celle
Qui daigne ſon deüil conſoler,
Ny ſeulement la regaler
D'vn morceau de la miche ſienne,
Il n'eſt ma foy d'amis qui tienne,
Quand au croq il n'eſt plus de lard,
Belle commere Dieu vous gard.
Vn iour la Nymphe Cornigere
Rencontra Monſeigneur ſon Pere,
Qui dit auoit maints Profundis
Comme maintes gens les ont dis,

Q

Pour ceux qui n'en auoient que faire,
On ne vit iamais telle chere,
Tous deux bras deſſus, bras deſſous,
Elle ſe couche à ſes genoux,
Elle ſe vire, elle ſe veautre,
Luy montre la prouë & la peautre,
Luy leche les mains, le muſeau,
Sa fiſtule & ſon auripeau,
Luy fait reuerence à ſa guiſe,
Et comme Fille bien appriſe
Finalement luy ſaute au col,
Dont s'émerueille Inache Pol,
Mais dont pourtant point ne s'en fâche
Ledit noble ſieur Pol Inache;
Au contraire il y prend plaiſir,
Car le bon ſang ne peut mentir;
Mais ce qui beaucoup plus l'étonne,
C'eſt qu'on diroit qu'elle marmonne,
Magines mots entre ſes dens;
Où jaçoit que les plus ſçauans
Sorciers n'y peuſſent rien entendre,
Il penſe pourtant bien comprendre
Quelque choſe en ſon oraiſon,
Et dit que la beſte a raiſon;

Que sur l'heure, & sans plus attendre,
Il les faudra tous faire pendre.
A quoy le dolent animal,
Voyant que pour iuger son mal,
Et deuiner son auanture,
Son Pere a la teste trop dure,
En deux coups luy monstre son nom
Imprimé dessus le sablon,
Dont la planche est son pied de vache;
Ce que voyant le pauure Inache,
Demeure à soy recroquilé,
Plus enconisistibulé,
Que s'il eut senty de la beste
Sauter les cornes en sa teste,
Auecque tous les cornichons
Qui parent tant d'augustes fronts.
C'est donc vous, ô Fille égarée,
(Ce dit-il) que i'ay tant pleurée,
Qui lechez mes tremblantes mains,
C'est vous, chere huile de mes reins,
Chere Io que i'ay tant cherchée,
Chaussée & donné la bechée,
A qui i'ay tant torché le cu;
Quel est le traistre, le cocu,

Qui vous a si fort outragée?
Helas! que vous estes changée!
Vous me semblez en verité
Plus seche qu'vn pendu d'Esté;
Qu'est deuenu vostre équipage,
Vos pieds, vos mains, vostre visage,
Vostre beau colet de quintin,
Et vostre juppe de satin?
Qui vous a plié la toillette?
Est-ce vn chanteur? est-ce vn Poëte?
Ou quelque Satyre cornu?
Est-il grand, gras, gros, ou menu,
Vieux, ou jeune, valet, ou maistre?
Dieux! que vous sentez le salpestre,
Le souffre, & la poudre à canon,
Ie crains bien quelque trahison;
Ha! ie voy bien, pauure pucelle,
Iupin vous a donné dans l'aile;
C'est luy, c'est ce Prince maudit,
Car mon petit doigt me l'a dit;
C'est ce grand abatteur de quilles,
Qui de nos Fils & de nos Filles
Fait ainsi comme de ses choux,
Mais il en aura du dessous;

Nous en auons, & belle somme,
De bons amis en Cour de Rome,
Et chez Monsieur l'Official;
Il payra le seruitial
Qu'il vous a donné dans les trippes,
Ou bien i'y brûleray mes nippes;
Il y mangera, le cornard,
Sa bombarde & son gros petard.
Ce dit, il la menoit en cage,
Sans Argus l'œillé personnage,
Qui malgré la paternité,
Vous la tire de son costé;
C'est ma Fille, disoit Inache;
Le Pasteur disoit c'est ma Vache,
Tu ne l'auras point; ie l'auray,
Disoit Inache, ou i'y mourray.
Lors Argus pour se faire large,
D'vn poing luy fait vne décharge
Tout droit sur le chignon du cou;
Inache ramasse vn caillou,
Dont il luy cassoit la machoire,
Sans Melampus & Gueule noire,
Ses chiens, qui prompts à son secours,
Arriuez, sans autre discours,

Prennent le Dieu par la bottine,
Et luy font gagner la colline.
Adonc Argus, Vacher argut,
Qui de combattre estoit en rut,
Remene au Haras la pauurette,
La remenant, vous la vergette,
La reuergette, & puis la met
Pour quarante iours au filet.
Ha! Iupin, Iupin, quelle honte,
De faire des gens moins de conte,
Que du sien de vostre soulier?
Estes-vous Turc, ou Bandollier?
Estes-vous Dieu? estes-vous Diable?
Et plus qu'vn Tygre impitoyable?
Laisserez-vous sans nul secours
Perir vos vacheres amours?
Non mamie, Iupin n'est mie
Vne lemure, vne lamie,
Qui fasse du mal en tout lieu;
C'est, ie me donne au diable, vn Dieu
Assez affable, assez traittable;
C'est vn Dieu qui n'est pas tant diable,
Ny tant machuré qu'on le fait;
Et de fait, d'vn coup du sifflet

Qui pend toûjours à fa ceinture,
Il fait venir fon Fils Mercure,
Auquel il commande foudain
De courir plus vifte qu'vn Dain,
Pour coupper feulement la tefte
Au fieur Argus, & par le fefte
Le racourcir de quelques doigts,
Pour luy monftrer vne autre fois
D'eftre plus difcret & plus fage,
Et que pour viure en bon ménage
Auec des gens comme les Dieux,
Il ne faut pas auoir tant d'yeux.
Ce dit, l'obeïffant Mercure,
Fort gentil Fils de fa nature,
Et plus qu'vn fçauant Medecin,
Exercé dans maint affaffin,
Prend vne flutte, vne ferpette,
Et du fablon dans fa pochette,
Saifit vn manche de balay,
Monte deffus, & fans delay
Fond au milieu de l'Oemonie,
Où apres, fans ceremonie.
S'eftre des habits habillé
D'vn Pafteur par luy dépoüillé,

Tire en flutant vers la contrée,
Où le sieur Argus sur la Prée,
Sans craindre ny ras, ny tondu,
Disnoit, assis dessus son cu.
A peine auoit vn Air champestre
Mercure, plus traistre qu'vn Raitre,
Entonné sur son flageolet,
Qu'Argus quittant sa souppe au laict
Pour l'oüyr se fait tout oreille,
Et charmé par cette merueille,
Accoste le feint Pastoureau,
Luy demande quelque Air nouueau,
La Boiuinette, ou la Chabotte,
Mais il luy sonne vne Gauotte,
Dont il le rauit tellement,
Qu'à Mercure il cede à l'instant,
Pour reposer ses diues pieces,
La moitié du lieu de ses fesses,
Puis il luy donne du chaudeau,
Des figues, des noix, du gasteau,
Puis luy presente la bouteille,
Et le conuie à la pareille
De boire vn coup à sa santé,
Ce que par Mercure accepté,

Au.

Au diable si dans la Ferriere,
Il luy laisse ny vin ny biere.
Ce fait, apres auoir osté
Le couuert, & dit Laudate;
Le braue auanturier Mercure;
A qui le temps dure & redure;
De vistement les yeux gommer
D'Argus, pour le Ieanguillaumer,
Remet son flageolet en bouche,
Et de ses doigts plus dru que mouche
Retouche sur son instrument
Maint Air agreable & charmant;
Maint pieux & deuot Cantique,
Entr'autres cet Air angelique,
(Ha! mon Berger tant il est beau,
Ie l'aimeray jusqu'au tombeau.)
Mais il n'est Cantique qui tienne,
Il perd & son temps & sa peine;
Car si des yeux de ce matin,
Qui ne dort non plus qu'vn Lutin,
Par fois quelque quartier sommeille,
Autre quartier soudain s'éueille,
Lequel éueillé, sur ma foy,
Ne dormiroit pas pour le Roy;

R

Bien au contraire, il luy demande
Auec ardeur & presse grande,
Si pour joüer de ce baston
Qui fredonne d'vn si haut ton,
Et qui fait si bien lire-lire,
Vn qui ne sçauroit pas bien lire,
Feroit aussi lire-liron;
Puis luy demande si Vignon,
Le grand Autheur de l'Angelique,
L'est aussi de cette fabrique;
A qui cil qui pour yeux dompter
N'est que trop content d'en conter,
Plus aise mille fois qu'vn Comte
D'vne Comté, luy fait ce conte,
Duquel en voicy l'argument.

Sirinx d'où vint cet instrument,
(Dit-il) qu'ores Flutte on appelle;
Fut jadis vne Damoiselle
Qu'vn tres-gros Satyre barbu,
Nommé Pan, vouloit voir à nu,
Mais elle ne le vouloit mie,
Dont il enrageoit tout en vie;
Il auoit beau la chatoüiller,
La toüiller & la patroüiller,

Et pour ammolir son courage,
Mettre sa chair à l'étallage,
Toûjours le malheureux bouquin
Estoit traitté comme vn coquin;
Il auoit beau d'amour malade
Luy lancer amoureuse œillade,
Trepigner, & d'vn pied velu
Battre le champ du Pré pelu,
Et luy faire gentil hommage
De son Oyseau pour mettre en cage,
Toûjours le malheureux bouquin
Estoit traitté comme vn coquin;
Par fois la trouuant dans la plaine,
Il luy disoit, contant sa peine,
Nymphe apres qui ie vais vsant
La corne de mon pied puant,
Où fuyez-vous, Nymphe adorable?
Pour estre cornu comme vn diable,
Suis-je le seul diable cornu?
Pour aller en tout temps tout nu,
En suis-je moins considerable?
Et pour ma trogne remarquable,
En dois-je estre plus mal venu?
Suis-je pas droit? suis-je pas dru?

R ij

En moy que trouuez à dire ?
Ne suis-je pas vn beau Satyre,
Vn beau chevre-pied trepelu,
Bien mammelu, bien fafelu ?
Mais de tout ce joyeux martire
La Nymphe n'en faisoit que rire ;
Et toûjours le pauure bouquin
Estoit traitté comme vn coquin.
Ce que ne pouuant dauàntage
Souffrir, vn iour qu'en vn bocage
Elle dénichoit des moyneaux,
Le rusé chevre-pied deschaux
S'estant mussé sous vne rochè,
Tout doucement d'elle s'approche,
Et finement sans estre veu,
L'ayant surprise au dépourueu,
Sur son tant joly pucelage
Fond, en disant ha ha fromage,
Est-ce ainsi la Fille au patin,
Qui me fuyez soir & matin,
Que vous dédaignez le visage
Des enfans de nostre village ?
Or mettrons, Nymphe au blanc tetin,
Viljuif en Quinpercorantin ;

Or ſçaurons ſans plus de remiſe
Ce qui gît deſſous voſtre friſe.
Ce dit, il l'alloit deflorer ;
Mais quand ce vint au perforer ,
Embraſſant la Nymphe trotiere,
Il ne treuue plus que floutiere ;
Car déja les Nymphes ſes ſœurs,
Les Nayades, voyant ſes pleurs,
(A ſes vœux) la pauure affligée
En des roſeaux l'auoient changée ;
Dequoi le Dieu plus étonné
Qu'vn borgne deſembaſtonné,
Pour auoir qui ſa pleine flatte ,
Prend des roſeaux ſa pleine patte,
Dont il fit ce bel inſtrument,
Comme vous voyez, plus charmant
Que tabourin ny que trompette,
Couſin germain de la muſette
Du Rebec, & proche parent
Des beaux ſifflets de ſainct Laurent,
Que ſiffre aujourd'hui l'on appelle,
Duquel ſe ſert la Colonnelle
Des Suiſſes, pour tambour battant
Chanter ſon amoureux tourment ;

Il en eut conté dauantage ;
Mais voyant le caut personnage,
A qui le temps duroit beaucoup,
Que ce compte à dormir debout,
Estoit encor, ne vous déplaise,
Assez bon pour dormir en chaise,
Voyant tout l'Ost presque endormi ;
Pour acheuer, Maistre Remi,
D'vn bichet de sablon d'Estampes,
Il en graua toutes ses lampes ;
Ce fait, prend sa serpe, & puis sap
D'vn seul coup lui souppe le cap
Rasibus de la gargamelle,
Qui fut vn beau coup d'alumelle,
Duquel le pauure trépaßé
S'en fut pourtant tres-bien paßé ;
Puis apres auoir sur l'herbette
Essuyé sa joli serpette,
Et retourné fort à propos
Ses habits, de peur des Preuosts,
Vers l'Olimpe ses chauße tire,
Si soudain, que le pauure Sire
N'auroit sceu, si bien émouché,
L'attraper pour vne Duché,

Ny pas mesme pour vn Empire;
Vraiment il n'a pas dequoi rire,
Il en tient dedans le chignon,
Et cette braguarde Iunon
Qui dans le Ciel fait tant la Dame,
N'a pas sceu defendre sa trame
De la fiere sœur de Cloton;
Il est és manoirs de Pluton,
Où l'on lui chante bien sa game,
Dont Iunon pleure dans son ame;
Mais bonnes gens, qu'y feroit-on?
Lors voyant ladite Iunon
Que son Barbier n'a point d'emplastre
Pour son Pasteur plus froid que plastre;
Pour ne laisser pas sans honneur
Apres sa mort si bon Pasteur,
Elle ramasse les prunelles
De ses yeux iadis si fidelles,
Et pour glorieux monument
Les fiche au cul tout justement
Des Pans qui portent sa littiere,
Où pour n'estre pris par derriere,
Ils obseruent diligemment
De quel costé viendra le vent.

IO
FVRIEVSE.
ET
REMISE EN SA
PREMIERE FORME.

FABLE XI.

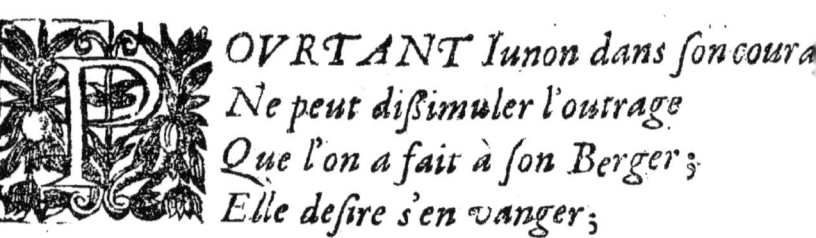

OVRTANT Iunon dans son coura
Ne peut diſſimuler l'outrage
Que l'on a fait à ſon Berger;
Elle deſire s'en vanger;
Et dés l'heure meſme en perſonne
Court au Palais de Tiſiphone,
Commander tous les Aſtarois,
Les Gribouillis, les Faribrots,

Et

Et plus de trois cens trente pipes
De Diables tres-frians des tripes,
D'entrer dans les petits boyaux
D'Io la Mere aux Iupineaux.
A peine auoient-ils leur entrée
Faite, qu'Io de rage outrée,
Par cent Fantofmes furieux,
Donne au Diable Diables & Dieux,
Auecque toute la portée.
Si bien que de rage emportée,
Apres auoir autant couru
Quatre fois qu'vn Moyne bourru,
Toute laffe enfin elle arriue,
Plus pâle & plus morte que viue,
Sur le beau riuage du Nil,
Pere de maint beau Crocodil,
Où n'ofant fe mettre à la nage,
D'autant que forte & fine rage
Ne daigne fa patte moüiller,
Contrainte eft de s'agenoüiller,
Et par vn accent lamentable
Effayer de rendre ployable
Celuy qui fans la fupplier
L'auoit bien fceu faire plier;
Lequel non fans douleur amere,
Voyant à quel poinct de mifere

S

Son pauure cas auoit reduit;
Vn petit moment de déduit,
Il en vérfa bien tant de larmes,
Dit on, que fans deux Peres Carmes
Venus à poinct pour le garder,
On croit qu'il s'alloit poignarder;
Mais il fit bien mieux pour fa Dame
De flechir le cœur de fa femme,
Qu'en ces mots il aborde ainſi.

Mon cœur, mon ame, mon foucy,
Ma mie, ma mitte, ma mouffle,
Mon petit foulier, ma pantouffle,
Mon petit Ange, ma Guenon,
Ma petite femmr Iunon,
De grace, ma fille tres-chere,
Vn peu de treve à ta colere;
Jo pour vn petit lardon
N'eft pas moins digne de pardon,
A tout peché mifericorde,
Bien que larron merite corde,
De corde échappe maint larron:
Il eft vray, i'ay rotty marron,
Beu deux coups, & graiffe fa coine,
I'en ay bien merité le moine,
L'anguillade & le morion;
Mais ſi mon pauure croupion

Par fragilité de nature
A commis quelque forfaiture,
I'en suis tant de corps que d'esprit,
Bien repentant & bien contrit :
Parquoy Iunon ie te conjure
Luy pardonner, & ie te jure
Foy de Iupin, qui point ne ment,
De la ficher dans vn Conuent.
Ne te mets en peine du reste ;
Car derechef ie te proteste
Que ie consens d'estre bouclé
D'vn instrument fermant à clé,
Comme Vulcan fit à Citerre ;
Si iamais à d'autre Escholiere
Qu'à toy ie montre enguilminé
Le Droict, ou que ie sois damné.
Ce dit, tous deux par saincte Barbe
Se mirent barbe contre barbe,
Et comme c'estoit bien raison,
Firent la paix de la maison,
Dont Iunon resta si contente,
Qu'elle accorde à la suppliante
L'honneur de son premier Estat,
A condition que le Chat
N'iroit iamais plus au fromage.
Adonc auec son beau visage

Elle reprend son teint de lys,
Ses pieds, ses mains, & ses habits,
Ne trouuant de son equipage
A dire, fors son pucelage,
Sont beaucoup ne se tourmenta:
Ainsi le beau Iuppin qui la
Voit dessus le bord de la Prée
Ennabucodonosordée,
Encor sur le bord du Nil la
Denabucodonosorda,
L'ayant fait de Nymphe sauuage,
Vne Deesse à triple étage,
A triple feste, à triple Autel,
Qu'adore depuis maint mortel,
Auec Encensoir & Bougie
Dedans la Mesopotamie,
En l'honneur d'auoir stipulé
Et fort sainctement copulé
Auec vn si puissant Monarque;
En cet affaire l'on remarque
Qu'elle n'auoit rien dérobé,
Est il pas vray? dites O B.

EXTRAICT DV PRIVILEGE
du Roy.

PAR Grace & Priuilege du Roy, donné à Paris le 18. Fevrier 1650. Signé, Par le Roy en fon Confeil, LE BRVN, & fcellé du grand Sceau de cire jaune: Il eft permis au Sieur Daffoucy de faire imprimer, vendre & debiter vn Liure qu'il a compofé, intitulé *L'Ovide en belle Humeur*, enrichy de toutes fes Figures, durant le temps & efpace de fept ans entiers & accomplis, à compter du iour qu'il fera acheué d'imprimer pour la premiere fois: Auec defenfes à tous Imprimeurs Libraires, & autres, de quelque condition & qualité qu'ils foient, de l'imprimer ou faire imprimer, ny d'en vendre de contrefaits, fans le confentement dudit Expofant, ou ceux qui auront droict de luy, à peine de trois mil liures d'amende, & confifcation de tous les Exemplaires, & de tous dommages & interefts, ainfi qu'il eft plus au long porté par lefdites Lettres de Priuilege.

Acheué d'imprimer le 25. de Fevrier 1650.

www.ingramcontent.com/pod-product-compliance
Lightning Source LLC
Chambersburg PA
CBHW070817250626
47170CB00006B/2140